SHENG-CHIH BOOK

新思維・新體驗・新視野

PUBLICATION

新喜悅・新智慧・新生活

上帝
手心裡的最愛

大陸新生代作家系列

上帝手心裡的最愛

作　　者：林黎
出 版 者：生智文化事業有限公司
發 行 人：宋宏智
企劃主編：萬麗慧
行銷企劃：汪君瑜
文字編輯：嚴嘉雲
版面設計：磊承設計印刷專業排版
封面設計：曹馥蘭
印　　務：許鈞棋
專案行銷：張曜鐘、林欣穎、吳惠娟
登 記 證：局版北市業字第677號
地　　址：台北市新生南路三段88號5樓之6
電　　話：(02)2366-0309　　傳眞：(02)2366-0310
讀者服務信箱：service@ycrc.com.tw
網　　址：http://www.ycrc.com.tw
郵撥帳號：19735365　　戶名：葉忠賢
印　　刷：鼎易印刷事業股份有限公司
法律顧問：北辰著作權事務所 蕭雄淋律師
初版一刷：2005年 1月　　新台幣：200元
ISBN：957-818-705-X

國家圖書館出版品預行編目資料

上帝手心裡的最愛 / 林黎著. --初版. -- 臺
北市：生智, 2005[民94]
面：　公分.--(大陸新生代作家系列)

ISBN 957-818-705-X(平裝)

857.63　　93024709

總 經 銷：揚智文化事業股份有限公司
地　　址：台北市新生南路三段88號5樓之6
電　　話：(02)2366-0309
傳　　眞：(02)2366-0310

推薦序

認識林黎在一個初夏，事先通過電話聯繫，我們隔著一條馬路伸手招呼，那一次談了很久，中國歷史、民俗文化、藏傳佛學，晚上一同去參加一位好朋友的生日宴會，在唐古拉風大餐廳裡與眾多民族人士暢飲，林黎留著長長黑頭髮，皮膚白皙清清秀秀的，她的書屋供奉著尊貴的蓮花生大士，眞摯會連通我們所具有的圓滿大智慧。

我們這個世界是由地、水、風、火四大物質組成，它在虛空中旋轉，我們這個世界外還有更多更深廣的世界，生命需要不斷修持與完善方能走向圓滿顯現原本的智慧光輝。林黎的小說裡面能夠看見表達生命來源的文字，她在一本寫感情的小說裡面將所謂「情」或者一些「色」做一種優雅灰諧，其他的文字是一個都市感情故事的構架，仍然在裡面讀到迎面而來的智慧。

現在的每一個人似乎都很忙，感情幾乎快成了忙於物質生存之後的點心，其他很多人在內在總會有嬰兒般脆弱需要安撫的地方，父母、手足、戀人、夫婦、子女的存在不僅是人倫遞增，同時也讓人避免陷入更深的孤獨之中。珍惜身旁眞誠感情，同時付出自身眞誠感情，這樣希翼過能夠堅持下去的人不多，這其中既有自身因素，也有生存環境的影響。

林黎的小說有一部分很傷感，成人世界裡無法避開的淡淡憂傷。有些時侯，她喜歡用歐陸風味的文字，異域小說中深深呼吸到那些玫瑰、藤蔓、鵝卵石、古城堡的氛圍。

文字不只是用來休閒，我想林黎是想透過她的文字來表達她眞實感悟到的世界，戰爭、都市裡的槍殺，不同年齡、不同階層的代溝，經濟困境讓夫妻相處的艱澀等等。世界總是這樣，我們得以喘息安頓的是純眞心靈境界。

我的整個少年時代是在草原上度過的，那裡有五色經幡、嘛呢堆，貼著藍天高飛的雄鷹，站在寺廟旁靜靜聽小喇嘛念經的鹿，我們的情感表達方式與都市裡的人相比可能更爲直接馳騁一些。林黎說她也有這樣的看法，所以她喜歡去草原，喜歡上了絢麗野桃花盛開的白水河。

林黎喜歡抽一種薄荷味道、細細長長的香煙，喜歡聽藍調音樂，喜歡達文西、喜歡愛因斯坦，喜歡在家裡讀厚厚的史書，靜極生動，她騎在駿馬上飛馳會讓旁觀人擔心她是否會摔下來，可是她又實在是一位有內含力量的女子。

她喜歡聽歌，親自去歌手面前聽他們唱，是那種有民風特色的歌，她要是喜歡上一本書，也會約作者喝杯茶（只是可惜，她約不到作古的人，她有些引以爲歎），林黎在某些時間十分率眞，直來直去，這是她的一面性格。

林黎總是用男用打火機，握在細細手指間，藍色火焰嫋嫋生動起來，上一次她給一位名人寫了封「情書」，先是刊在一家著名《人物》雜誌上，後來被一些文刊轉載，談到那封情書，她笑之，是因爲伊拉克戰火點燃的。

林黎喜歡聽「我的心」，這是一首藏民族歌，她說能聽見一種呼喚，而且她能用手指表達心，用文字對生命作回應。

前兩天我剛從澳大利亞回成都，林黎給我電話，我問她近期在寫什麼，她說是一本有關軍人的小說，之後林黎說因爲近期搬家，希望我們一起喝杯茶，看風景。

林黎的房間外有一個綠樹掩映的池塘，家裡面沒有裝電話，很多作家也這樣，怕吵，只有主動打電話找別人。

紫西尼瑪 二〇〇四

自序

枝葉柔蔓視窗似乎沒有夜裡留下的痕跡，這是一個下午，以爲可以將昨天還泡在記憶中的東西伸手指拉出來，他們沒有離開，只是隔著時空。過去、現在、未來在一點上運行又不能相見，動如參與商。

好些年前買的一套《國史鏡鑒》，上面灰濛濛的，這些日子因爲搬家又將他們擺了出來，擦拭乾淨，歷史就這樣無聲無息存在家裡，翻開閱讀會被他們一次次吸引。一次與一位央視朋友聊天，他說如果可以回到過去，他會去濟南尋李清照，我則說會去江西上饒尋四十三歲之後的辛稼軒。落日樓頭、斷鴻聲裡、江南遊子，把吳鉤看了，欄杆拍遍，無人會、登臨意。

寫情感小說會讓人傷、讓人笑，明明知道人事不過緣分聚散，緣分也只是由自己造作，還是放不開，還是有些不忍心。氣溫一天天降下來，霧連山、山連水，水在茶杯裡透出燙手心的熱度。通常我在書房裡工作，完成一部分生命之中自己爭取的過程。這本小說寫完有一段時間了，漫長一個夏季裡，因爲疼痛，注射了四支杜冷丁，之後那種無法呑咽、暈眩，讓脆弱一次次浮上來，一輩子好長。上帝手心的最愛，有多少的命運靠自己努力，將眞誠放在上帝手心，這樣，生命才有機會散發原本存在的智慧光輝。情或是色也不過是些文字遊戲。

蜀中四季有濃得化不開的綠，空氣飽含滋養水分，我居住的地方距離九寨溝大約有五個小時的旅行車距，民族文化交流也因此被拉近，這本小說裡出現的民族兄弟，因爲文化上的溝通，長時間的我的情感也這樣被融入溝通，看上去是那麼自然絢麗，如白水河不盡奔流。蜀山因爲還珠樓主的小說，因爲徐克的電影，它更加充滿仙氣與傳奇，不過我對蜀山也有這樣的感覺，它太富有生機，在夢裡我也會飄越青山，往往飛花入風雲。

長久以來，發現自己欣賞青史上留正名的竟多過身旁人，似乎已經成了一種習慣，再發現這習慣其實挺適合自己生存狀態，也就沒有必要當成需要改進的。很多相同的苦難、歡喜在那麼多人身上體現出來，顛沛流離也成了「人」這樣一種生命方式的內涵，浪漫拿回來看倒是人休息身體的符號，大氣的浪漫充塞天地之間，市井裡的浪漫有一部分被煙火氣薰染，屬於自己的也會因身體存在而隨同生長、消逝。

所以書寫浪漫，它裡面又怎麼少得了含有它的「人」的無奈、無助以及少許歡愉。緣分消失了，感情也就在盡頭徘徊，每一段希望她天長地久的男女之情，又怎麼與自己短暫生命抗爭，更何況物質一年年在淹沒它能夠涉及的一切。

林黎　二〇〇四

【目次】

上帝手心裡的最愛

曼哈頓的冬夜，冰冷而激情，
人在裡面過的日子可以用每一秒之間的停頓來說明，
它快速，也存在緩慢的一面，
如果不成為時間與利益的真正主人，
日子就只能從每一秒的遺落裡面去品味。

綠綺

閉上眼聞到房間每一個角落遺留下來的氣味，衣服冰冰冷冷，貼在皮膚上，窗簾早被刷地關上，屋裡沒有留下多餘的人影，剛才的聚會散遠了，怕寂寞成爲綠綺失業一個星期之後新發的病症。

她是個漂亮清秀的東方女人，一個星期前十三大街拐角處那幢高聳的長方體大樓十七層有一間辦公室是屬於她的。

綠綺搖搖晃晃站起身，打開衣櫃拿了套乾淨柔軟的衣服，去浴室泡個澡，「這樣對於緩解悲傷很有好處」，綠綺對自己說。

次日，上午的曼哈頓，上班族依舊衝鋒陷陣，太陽在兩座高樓之間暴露給咖啡館窗內的人，這是今日第二杯咖啡，上面浮著厚厚的奶油泡泡，某期生活週刊說，這樣多的甜氣息會讓人感覺即使悲傷也是優美的。綠綺的淺米色外套搭在咖啡椅背上，身上一件質地優良的白色羊絨上裝、同色及膝裙，鞋是紐約粉領麗人鍾愛的義大利名牌 GEOX。信用卡上面還有錢，不過她開始厭倦紐約的日子，日復一日在辦公室內看檔、分析市場、做報表。老總說她應該與全世界十分之零點五的人爭奪經濟點，可是市場經濟從古至今卻是一個看不見的黑洞，一代一代投進去的男男女女連個再見也沒留下，一代一代增長與減退的利率點只是一些無謂的對比，世界的不平等性一日存在，經濟就沒有平衡的盡頭，所以自己的工作只是將自己騙得開心一點，看上去有優美的辦公環境還有一位英俊的手下。

是的，財務公司給綠綺配了位助手，與她同歲的 John，綠綺不相信曼哈頓會有純粹戀情滋長的土壤。

Copan 科潘

法國南部拉爾茲小城，風景如畫，城外有個小湖，湖水四季藍得醉人，城內的人家多住在石塊壘成的漂亮房子裡，石頭院牆上爬滿常春藤，清晨的拉爾茲小城會瀰漫薄薄的霧氣，中午的太陽讓玫瑰花在院子裡芬芳直至等待夜晚醇香的情人懷抱。

Copan 七年前來拉爾茲遊玩，立即愛上了這個小城，還有濃香的葡萄酒，他在城裡租了座空房子，房子的主人去了倫敦。這是一座位於小城上半部的兩層石樓，拉爾茲是建在小山上的城市。Copan 租的這座房子樓上的一間臥室打開雕花玻璃窗就可以看見清潔浪漫的半個多小城，還可以看見城外的湖，這裡一年四季都會有駐足久留的旅客、畫家、攝影家、詩人，還有像他這樣的作家。

Copan 是個作家，兼任某刊物的資深評論員，高高大大金髮碧眼的三十三歲英國籍男士，講一口流利的法語，Copan 的工作採取 SOHO 方式，他堅持認爲這樣的方式最適合自己喜愛自由、無拘無束的性格。

「四月的薔薇」舞會

每年薔薇花盛開的季節，拉爾茲小城都有個舞會，就叫「四月的薔薇」，女人與男人會在晚上的酒吧品嘗各種美酒，遊客們也會參加一些露天舞會，Copan在「四月的薔薇」晚會上生平第一次看見讓他如此心動的東方女人。Copan看見她獨自端著酒杯坐在鞦韆椅上，神情自在，白色低領長袖毛衣，淺綠色長褲，一雙棕色半高跟鞋，燈光斜斜映出她的輪廓。

Copan感覺自己眼睛裡開始有柔情蜜意，如果不去認識這樣優雅的女人，自己一定會後悔的，Copan端了酒杯走至鞦韆椅前：「嗨，我叫Copan，可以認識你嗎?」Copan用流利的法語打招呼，隨即他意識到應該用英語比較好，畢竟優雅的女人只是這個小城的遊客。

「爲什麼不?」女人也用法語回答，並且起身友好的伸出一隻手：「我的名字是綠綺。」

綠綺身高及 Copan 的嘴唇，Copan 這天晚上也是穿著隨意的長褲與毛衣，他對綠綺笑笑：「能與你共舞嗎？」

綠綺抱歉地笑笑：「你看我的著裝不太適合跳舞吧？」

Copan 揚揚眉表示決不在意女士的服裝是否適合舞會：「四月的薔薇更加注重自然天成的美，不要介意，我覺得你的毛衣與長褲美極了，眞的。」

綠綺說：「別這樣，你看今天舞會上的女人們多漂亮，還是改天吧，我換了長裙再跳，如果你不介意，可以乾一杯嗎？」

Copan 笑笑：「好的，乾一杯。」

這天晚上很美，月亮充盈動人的旋律，薔薇花像少女那樣美麗多情。柔和的氣息散開在溫馨的小城裡，燭光在書房搖曳，Copan 的電腦一直打開，螢幕上寥寥幾個字母，舞會已經結束，整個的薔薇舞會落下帷幕，優雅的女人綠綺也只是給了他驚鴻一面。那夜之後，Copan 一直在眼睛裡尋找綠綺，露天舞會上面沒有、酒吧裡面沒有；她只是一位路過的遊客，偶然地出現在自己的日子裡。

Copan 這樣勸慰自己，他不是容易衝動，只是這女人與他似乎有某種關聯。

日子慢慢在拉爾茲小城伸開手臂擁抱浪漫夏季，Copan 接了本小說，準備七月去巴黎寫作，屆時 Copan 的父母也會從英國去巴黎與愛子小聚兩個月。

再回拉爾茲的日子定在九月份，蘋果最紅的季節。原先的房東似乎有意移民，Copan 盤算著是否買下小城這座石頭房子，房子後面有個小園子，可以在裡面種一排鬱金香。

綠綺的日記

具有懷舊感的人多多少少都會有日記情結，確切地說綠綺是在失業後那個冬季裡開始思考另一些問題。她是 EMBA 學歷，畢業於夏威夷世界著名的 JAIMS 學院，導師非常欣賞聰穎過人的中國女孩，綠綺在曼哈頓的工作相對比較順利。失業起因於一項意外，計劃上的失誤可能最終應該歸結的是有關這個國家投資參與的一場戰爭，誰都知道這不是她的錯，但既然錯誤產生了經濟損失，責任就應該由相關人員承擔。

現在的綠綺已經不再對曼哈頓的工作耿耿於懷，次年四月在法國拉爾茲小城觀光，恰巧遇上「四月的薔薇」舞會那一晚，那個高高大大的英籍男子 Copan 讓自己砰然心動，被深深地擊中。

綠綺在日記上寫：秋季漸漸來了，我開始懷念一個舞會，只是很可惜沒有與他共舞，可能這緣分只是一面。

秋季可以做很多事情，綠綺回到紐約，繼續住在原先的公寓裡，她在一家進出口公司找到一個適合自己才能的職位，原來給綠綺做過助手的美國年輕男士John一直與她保持非常友好地往來，有時候在週末會一同去看場電影。

秋天，John決定向綠綺求婚，儘管他拿不準綠綺是否會接受，不過試試沒錯的。

週末兩人去大劇院看了場音樂會，散場後John提議去喝一杯。侍者將干邑（COGNAC）倒進兩人的酒杯裡，燭光讓綠綺格外柔媚感性，John在女人面前單腿跪下，用柔和的音調請求她收下自己未來的婚姻日子。

綠綺很吃驚，但她還是非常體貼地扶起英俊友人John，告訴他，自己沒有結婚的打算，而且爲此感到非常抱歉。

這天晚上，綠綺在日記裡面寫：這個世界讓我相信什麼？生命短暫如朝露。

夢裡面又回到浪漫的小城，那些石頭房子、清晨薄薄的霧氣，城外湛藍的湖水，還有一位擁抱自己的男士，綠綺很享受他的懷抱，而且極力在想男士的名字，最後她對自己說他最好叫「Copan」。

她被自己的聲音驚醒。是淩晨三點，綠綺坐起來試圖在頭腦中尋找一種解釋爲自己說明這種現象，她是個頭腦冷靜的二十六歲女人，有思想與見解；曼哈頓沒有眞正的愛情，這裡推崇利益與成功，紐約充滿慾望與罪惡，身邊的一切自己尚且不能眞正掌握，遙遠的小城還有什麼能夠讓自己感覺生命裡面可以擁有得久一些的東西嗎？

這一天在公司，綠綺冷靜快速地處理好自己的工作，午餐時間 John 打來電話說很傷心，因爲綠綺拒絕自己的心意。

綠綺沒有能力接受，世界太亂，心裡才有淨土，心裡裝不下 John 這樣一位都市氛圍重的男子；綠綺有些想過另外一種生活，相對平靜、相對與世無爭的日子，或者自己在某處租間房子，做個 SOHO 人。

綠綺的日記本輕輕放在公寓的書桌抽屜裡，仔仔細細關好門窗、瓦斯、電燈，去公司辭職。

很晚的時候有人按響門鈴。

拉爾茲城外的湖，綠綺站在窗前遠遠看見。

石頭房子的主人將樓上一間看得見湖的房間租給一位中國女人。「她像最冷靜的哲人，儘管對人不失禮節」，房東夫婦私下說。

Copan 在秋季離開巴黎回到小城，新書已經完成，他希望繼續在這裡度過清靜悠閒的歲月。

綠綺租的房間距離 Copan 的房子只有五十公尺，房東已與經紀公司簽下文件將房子完全賣給 Copan，他準備將房子稍做改動，客廳可以掛上幾幅薩爾瓦多·達利（Salvador Dali）的作品。

日子在舒展四季的精緻，時間可以爲心境停留，人可以爲留戀不去的夢境永生追隨。綠綺放棄了高檔護膚品，這裡的空氣足夠滋潤下一個薔薇花開的季節，綠綺決定換上最美麗的長裙，不是爲舞伴準備的，她喜歡將自己美好的一面展示給芬芳大自然，大自然無私無欲。

Copan 開始聯繫小城裡的建築公司，請專業人員設計最佳裝修方案；他去拜訪近鄰，希望他們能夠諒解白天裝修發出的聲響，房子完工後希望大家能夠來自己家裡參加一個小型舞會。

想到上一個舞會季節，Copan 心裡剩下一些遺憾與柔柔回憶，「希望綠綺依舊那樣美麗，」他記得她的名字。

Copan 曾經也是一個獨身主義者，寫了十多本暢銷書的作家對世界有自己的意向，既然我們的世界本就具有不完美的特質，回過來尋找人類具有的偉大智慧便是生命唯一可以得到的慰籍。

綠綺聽說了鄰居會有個舞會，可是天氣冷了，室內的舞會怎麼比得上大自然給予的月光與星空，這天晚上房東夫婦穿得很漂亮去參加舞會，綠綺在自己房間裡看一本厚厚的書，一身淡綠色長裙，悠閒地坐在十八世紀高靠背、深綠緞面沙發裡，頭髮舒舒服服散在背上，皮膚細膩白淨，四肢修長勻稱。

很晚的時候有人按響門鈴，綠綺下樓開門，隔著玻璃看見外面的男士，綠綺愣住了，以爲自己是看書累了，睡著了在夢裡，然後她回回頭看看客廳的一切，壁爐、電視、酒櫃、暗紅地毯，直到有些恍惚打開門。

「Hi！」有著成熟氣質的英國男士 Copan 正微笑看著綠綺。

「Hi！」她也對他笑道。

時間是魔法師，將最美的再次展現你眼前，也許前一刻你還認爲那只是生命裡面不可能重復的。

「我找不到詞語形容，」Copan對綠綺說：「你的房東說有位最美的中國女人要等到明年的「四月的薔薇」舞會才肯出來，我多希望會是上帝賜給我最好的禮物。」

綠綺說：「Copan，你也是最好的禮物，如果我們彼此沒有錯過的話。」

Copan用了三秒鐘想綠綺的話，然後他對綠綺說：「我是個喜歡傳統觀念的英國人，如果您還沒有結婚，我希望能夠有幸與您一同度過拉爾茲清靜無染的歲月。」

綠綺說：「如果您還沒有結婚，將是我生命裡面唯一沒有遺憾的幸事。」

Copan伸開手臂迎接綠綺：「我害怕這是做夢。」

綠綺在夢裡被Copan這樣柔情無限擁抱過，所以對他有格外的熟悉，綠綺伸手撫摸Copan金黃柔順的短髮：「我剛才也擔心是在做夢，現在相信了，是眞正的Copan。」

這天晚上的Copan穿著一套很正式的西服，綠綺發現他眞的讓自己完完全全心動，拉爾茲這個秋季應該是自己度過的最浪漫的季節。

Copan喜歡自己動手調製各種雞尾酒，綠綺成了他最受歡迎的客人，兩個人依舊保持了某種彬彬有禮，性格上他們對暴力、爭奪、越界掠食、戰爭、死亡與恐怖的態度極其相近，沒有比生物體自身擁有的智慧更完美，也許在很久遠的星系存在著眞正願意用行爲尋回完美智慧的生命體。

上帝手心裡的最愛

Copan 與綠綺常在午後去城外的湖邊散步，綠綺換上暖和的長裙，長頭髮瀑布般流暢，Copan 送的玫瑰插在屋子裡。「如果站在樓上的臥室，打開雕花玻璃窗，正好可以看見我們在這裡漫步，湖水像天空一樣藍，你比玫瑰更美。」Copan 這樣對綠綺說，他的聲音充滿性感。

「我想你的房間可以看見最美的風景，」綠綺對他說。

身體是送給愛人最甜蜜的禮物之一，還有體貼與關懷。Copan 是個體貼的男子，對綠綺呵護備至，雪白柔軟的床單，房間正中的銅架寬床，屋頂的水晶吊燈，綠綺迷人的身體，具有冷靜智慧與美貌高貴的中國女人。

綠綺感覺自己對世界的冷靜漸漸被 Copan 溫暖升溫，甚至她認爲結婚可以找到人性最溫暖、最具有感情的成分。

Copan 的唇很溫暖，Copan 的身體雪白性感，做愛的時候他一直對綠綺微笑，床單上開滿了百合玫瑰還有上帝手心裡最愛的四月薔薇。

這個冬季是綠綺度過最溫暖的季節，她搬進了 Copan 的石頭房子，院牆上爬滿了常春藤。

他們常常會談到饑惡、災荒、槍殺、經濟以及婚姻與獨身，兩個人皆認爲他們之間順其自然最好，既然現在如此深愛對方，就不要去想更多的，結婚也應該是兩個人觀念上共同達到之後的事。

冬季過去，綠綺依舊是小城受到祝福最多的女人，幾乎所有的小城居民都準備好了要祝福她與 Copan 似乎隨時會舉行的婚禮，Copan 是小城極受歡迎的作家，他讚美拉爾茲風光人物的文章爲小城帶來很好的聲譽，好的聲譽也帶來好的旅遊收入。

兩個人的房子裡面，早晨會有濃濃的牛奶香味，上午 Copan 寫作，綠綺做些 SOHO 工作，網路讓世界變小，綠綺這樣聰明，又有高學歷與能力，要找到工作實在很簡單。

時間在兩人的默默溫情中游過，次年薔薇花即將開放的季節，兩人幾乎同時想到「結婚」，這將是最美好的。

Copan 在月光裡向綠綺求婚，綠綺的淚水一直停不住，Copan 說他不會讓綠綺因爲委屈流一滴淚水。

他們決定在今年第一個薔薇舞會舉行婚禮，這之前綠綺需要回紐約帶來自己的東西，紐約的公寓她也計劃委託給房地產經紀公司賣掉，她希望一輩子與 Copan 生活在拉爾茲，並計劃從紐約回來後就在後院種上一排鬱金香。

溫柔笑容

Copan 擔心處理房屋、整理日常衣物等等事宜會讓綠綺太過勞累，便陪同綠綺回到紐約，一切按照計畫進行，下午綠綺在公寓收拾一些重要個人證明、文件、出國前與爸媽的合照等等，還有那個厚厚的日記本，綠綺的懷舊感全部裝在裡面。

「綠綺，累了嗎？」Copan 剛剛打電話給房地產公司請他們派個工作人員。

「不累，只是有些餓了，」綠綺對 Copan 笑笑。

「我去買些食物，樓下好像有一家超市，是嗎？」Copan 問綠綺，他穿著米色羊絨衫，咖啡色長褲、同色義大利皮鞋，金黃的短髮、結實的身體、漂亮的藍眼睛，笑容溫柔。

綠綺繼續整理。

Copan 拉好門乘電梯下樓，中型超市裡面購物的人不是很多，Copan 挑選了一些沙拉、麵包、盒裝天然果汁、半成品牛排等，排隊付款時，一個蒙面的犯罪嫌疑人拿著衝鋒槍忽然出現在超市。

GLOCK 18C 在槍管上方有四個小孔，套筒的相應位置上兩個長槽，在連發射擊時更容易控制手槍，所以不需要抵肩就可以用板機控制點射、連射。

Copan 離犯罪嫌疑人最近，犯罪嫌疑人拿槍對著購物人群大喊：「全部蹲下！別動！！」

Copan 見對方只有一人，他不知道對方提前混進來的同夥正站在最近的貨架後面。Copan 的迅速反抗使他成爲 GLOCK 18C 槍管下的亡魂。

子彈是連射的，男士金色頭髮裡面滲出濃濃的血液，流成一條小溪。

樓上的公寓，綠綺走至陽臺上面，她發現剛才心裡猛地痛了一下，像是被槍擊中那樣地痛。

第九夜

在生命大一些的定數面前，小的細節怎麼逃得過？
所以感情永遠放在她的第二位，
她想智慧或許是唯一可以幫助她的。
慾望的身體、飛不起來的驕傲，
一輩子的時間好長，令人絕望。

那麼

黑夜依舊是一支燃燒的香煙，桑耶沈了心、赤了腳坐在樓梯上等待，手腕上一隻江詩丹頓 Egerie 珠寶女錶是他送的禮物。就在昨天晚上，在自家書房裡，桑耶正忙著爲一份時尚雜誌撰稿。

他沒有她家裡的鑰匙，儘管是單身女人，桑耶仍然認爲擁有一個好男人不如自己擁有一身有彈性的好本領，感情會傷害人，只有自己的本領才會依戀在手心，跟隨自己、供給自己；與男士相處，即使很親近了，仍然特意保持一份距離，一份儘量保護自己避免受到傷害的距離。

他叫陳創，四十四歲的建築商，在這個城市他擁有高尚的辦公室、別墅、一疊建築合同以及很好的前途，遇見桑耶是在上次秋季的一個酒會上，她讓他心動，眞正從心底某個地方喚起一串記憶。桑耶是個淡淡感覺外界的女人，一切繁華如風溜過指縫。

昨天晚上陳創輕輕按響桑耶門鈴，她開門看見一向衣冠楚楚的男士，眼神堅毅，領帶頭髮皮鞋無可挑剔，舉止得體談吐斯文。

輕輕握住他的手帶他進入書房，桑耶抱歉笑笑：「我還有一點工作沒有完成，你可否等等？」

陳創微笑點頭，眼角淺淺細紋、身上隱隱蘭德爾（YARDLER）香水味道，他是很有魅力的成熟男士。

坐在書房沙發上靜靜等待桑耶，她在家工作通常是穿睡衣，一些極其舒適修身的睡衣，頭髮略帶一分淩亂，皮膚雪白、表情淡漠。

正是這樣的神情讓陳創心疼，心疼到很久很久以前的記憶裡。他坐在她後方，看她在鍵盤前忙碌，大大的書櫃裡排滿了各類書籍，電腦桌上、書桌上、茶几上，幾乎在能夠坐下的地方皆能順手拿起幾本書，SOHO族的家裡有很多是這樣的，特別是她這一類以寫稿爲生的SOHO。

陳創一直不能忘記初識桑耶的情景，酒會上她很遠很遠地對他笑笑，確定自己不認識她，還是很有禮貌的向她舉舉杯，那天晚上她穿了一件名貴衣料製成沙沙作響的及膝裙，淺色高跟鞋，四肢修長優雅。

桑耶主動走近陳創，對他笑笑：「我可以與你共舞嗎？」

這是那晚最後一曲，這之前桑耶一直在陽臺喝著紅酒，看那著酒會裡起舞的男女，來這裡的男士差不多都是這個城市的商界精英，陳創不是最出色的，桑耶仍然被他吸引，他給人很堅毅的感覺，即使微笑也是堅定、充滿某種信念似的。

桑耶自己是個複雜的女子，喜歡獨處，孤寂過度時就出門尋找熱鬧，換上平時閒置在衣櫃裡的各類名牌服飾，瘦長的手臂上挽上幾圈精美的手鏈，深夜唇彩驚心動魄的瑰麗，她有很多的銀行金融卡、住寬敞舒適的電梯公寓，像所有的雅痞們那樣喜歡獨自出門旅遊，喜歡適當節食。

基本上她是個素食者，堅持自己的信念，堅持身體不過是靈魂的禁錮方式。

每個人的特色不同，有些近似的氛圍裡面飄散著同類元素，尋找與緣分成了潛意識的嗅覺，自己鍾意的事物很多時候會明明白白感覺到卻與自己其實是不太可能，但仍沒有更多的力量迴避。

最後一曲很動人很傷感：THE LAST WALTZ

陳創與憂鬱孤獨的女孩共舞，音樂催促時間，在樂隊演奏結束前半分鐘，桑耶停住舞步，輕輕拉著陳創的手穿過舞池，在陽臺，桑耶看看陳創，輕輕歎口氣：「您的手機借我用用好嗎？」

陳創看著女孩，確切說是一位能讓他某些地方感動的優雅年輕女人，他拿出手機遞給她，桑耶接過來在上面按了自己的號碼，接通之後合上手機蓋，還給陳創：「謝謝。」她對他低低說道。

「不客氣，」陳創笑笑。

音樂停止，桑耶說：「我要回家了，『再見』好嗎？」

陳創點點頭，很有禮貌笑笑：「再見。」

沒有認識她之前，他一直將工作視爲生命，認識她之後仍然是這樣，這個世界上已經沒有多少人能夠讓他放棄信念與堅毅，他有溫馨的家，有太太還有個十歲的小男孩。

她沒有什麼特意的追求，除了對工作的熱情與主動，物質不是她的主要目的，雖然身體離不開。是心，她一直在試圖瞭解自己的心，到底需要什麼才能夠在生命終結的瞬間看見沒有沾染著的最初。這之間的身體過程避免不了欣慰與失落，認定了，她會去追尋自己的感覺，陳創給她的是感覺，逐漸濃厚的感覺。

酒會之後第三個星期的週一下午，她找出自己手機上的接收信號，認出了陳創的手機號碼。陽光從另一間臥室斜射進來，她走過去站在陽光裡嗅到乾燥的氣味，靜靜吸口氣，按了按手機鍵，出現這樣一行短信：「有一種思念的感覺」，然後閉上眼將它發送到陳創的手機上。

手機依舊放在客廳茶几上，這是桑耶的休息時間，倒杯冰牛奶在屋內來回走走，沒有風，窗簾垂在兩側。

手機鈴聲提示有短信，桑耶走過去拿起來翻看，上面寫著：「我也是，淡淡卻是甜蜜的」，是陳創的回覆。

甜蜜是一種感覺，不知道能不能嘗。桑耶回到書房開始工作，繼續寫一本中篇小說，將甜蜜放在客廳。她避免相信天長地久的說法，身體不可能長久，更何況感情這種附屬在身體上的遊移物。

陳創的創業道路與大多數的成功人士相仿，經歷過原始積累的艱難困苦，十多年的創業道路付出了很多，現在在物資上也收穫了很多，他很忙，忙得沒有多少時間讓自己去想風花雪月，甚至忘記了戀愛的滋味。

又過了一個星期，桑耶完成當天計劃的工作之後，想到幾天前的短信，拿起手機再次給陳創發去一則短信：「你好嗎？」

很快陳創的短信回覆過來：「我在北京出差，北京的天氣很爽快，目前我在地鐵，妳好嗎？妳快樂嗎？」

桑耶愣住了，她對陳創的感覺慢慢又甦醒過來。十分鐘後桑耶按了陳創的電話號碼，鈴聲過後，陳創的聲音很清楚地傳過來：「喂，妳好！」

桑耶說：「陳創你好，我是桑耶。」

他的聲音很成熟：「妳好嗎？」

兩人目前還沒有多少談話的資料，空白了四、五秒，桑耶問：「什麼時候回來？我們可以一起喝杯茶談談天。」

電話那邊很有禮貌地答：「好的，我在北京還有些工作，需要幾天時間聯繫談判。那麼，回來後我們有機會一起喝茶聊天？」

桑耶笑笑：「那好，Bye」

「Bye」陳創回道。

黑夜生成

桑耶經常見面的朋友圈子並不大，撰稿的朋友大多通過網路聯繫，她的ICQ上面都是一些總編、編輯、傳媒網站負責人以及撰稿人，有時間大家會閒聊幾句，互換一些最新資訊等等。

爾德是一家時尚雜誌的美編，二十五歲，高高壯壯的陽光型男孩，桑耶上過的他們雜誌，照片附在她的文章後面，優雅脆弱，也有俊美，照片是爾德的作品，後來再有雜誌要求照片桑耶就將那張多洗一些寄過去。

爾德主動上門拜訪桑耶，桑耶打開門看見爾德捧了很大一束競相開放橘色的亞洲姬百合，接過來找了花瓶灌水插好，爾德注意到她赤著腳在木地板上走動，客廳很寬，電器是些美國、德國牌子。

桑耶請爾德坐，倒了一杯橘子汁遞到他手中，爾德笑道：「謝謝，我就喜歡喝果汁，妳呢？妳喜歡喝嗎？」

她坐在爾德對面，雙腳縮上沙發，頭髮天然一些微曲垂在背後：「我喜歡喝礦泉水，我父親一直認爲我缺少某種礦物質。」

爾德頗有興趣：「爲什麼呢？」

「在家工作嘛，出門時間相對少些，接受陽光少，也許我父親說得很有道理。」

爾德問她：「那你有沒有感覺身體有些不舒服，就是說不出具體原因的那種不舒服呢？」

桑耶看看爾德，笑笑。

爾德問她：「笑什麼？很好笑嗎？」

她搖搖頭：「沒有，我沒有那種感覺，不過時常出門走走很有必要。」

爾德用眼睛再四處看看：「我的性格實在不適合在家工作，我還是喜歡寬大的辦公室、很多同事、陽光穿透玻璃一直到頭髮上的感覺，很爽！」

桑耶起身給自己接了杯熱礦泉水再坐回沙發，爾德端起面前的杯子大口喝著果汁，放杯子時看見桑耶放在茶几上的手機，問她：「不介意給我你的號碼吧？」

「隨便好了，」她說。

「那好，」爾德拿起桑耶的手機，按出一串數位，很快聽見爾德手機響起快節奏的樂曲。「好了，我們的號碼相互都有了，」爾德按住停止鍵，然後將她的手機放回原處。

他站起來：「我該走了，下次我與幾位朋友外出，也約妳好嗎？」

她笑笑：「沒問題的。」

他是一個樂觀積極的大男孩，喜歡舒適的T恤與長褲，喜歡下了班與朋友去酒吧喝上幾杯，痛痛快快地生活。

她也喜歡快樂，喜歡純淨的喜悅，只是一直還沒能夠體會到。

爾德果然在週末早上來約她，電話打過來時她剛躺在床上，手機拿進來放在床頭還沒有來得及關掉。

爾德的聲音聽上去朝氣勃勃：「桑耶，出來玩好嗎？我們去登山！」

寫了一個通宵，很疲倦了：「不行啊，我很累，需要休息。」

「車上可以睡的，出來吧，外面陽光真的很好。」

「我真的想睡覺，」桑耶閉著眼睛回答。

「車在你們社區外面，快點啊，我們好幾個人呢！」爾德笑道。

她用了很大力坐起來：「那好，我十分鐘後下來。」

她是一個守時的人，十分鐘內冷水洗了臉、梳理了頭髮，換了套GUCCI修身上裝長褲，黑色低跟鞋，很快地裝好手袋出門下樓，走至社區外面看見爾德站在一輛越野車前面笑著看她走近。

爾德看看腕上多功能手錶：「非常準時啊，一秒不差！」

桑耶說：「我好睏，上車吧。」

車裡面並沒有其他人，爾德笑道：「不要生氣，我擔心人多了妳會怕吵。」

桑耶沒有說話，坐在前座，爾德發動車時，她已經睡著了，爾德輕輕幫她扣好安全帶。

車向郊區駛去，然後上了高速公路，三個半小時之後來到風景很美很美的西嶺雪山，初夏，氣溫非常適宜，車廂裡放了些柔和的音樂，桑耶還在睡。

沒有影響她，爾德輕輕替她打開身旁的車窗，吹進來的風清新潔淨，甚至刺激到她敏感的皮膚，睜開眼，看見爾德正在低聲哼歌。

「什麼地方？」她問他。

「西嶺雪山，」爾德對她笑笑。

她發現面前小她一歲的爾德其實濃眉俊目鼻樑挺直，她問爾德：「我們下車走走好嗎？」

他笑道：「你說話怎麼這樣客氣呢？」

她眉：「習慣吧。」

「我們去滑雪吧，」爾德看看她。

她搖搖頭：「我身體不行，我們下車四處走走，可以放鬆身體。」

爾德笑道：「好的，慢走是最好的放鬆方式！」

後座放了好大一個旅行背包，爾德提出來背上，桑耶問他：「裡面裝了些什麼，看上去沈甸甸的。」

他笑道：「食物、水、一件防寒衣，還有我的攝影器材。」

「這麼周到，」她笑笑。

「前兩個月我去稻城，拍了好些照片，那天妳來我家裡，我給妳看，很棒很棒！」他很有興致提到自己的攝影：「我的攝影是其次，主要是風景一流。」

桑耶想到自己以前給一份刊物寫過：「一流江山當屬一流人物」，現在回想只覺得混帳。

爾德問她：「在想什麼？」

「沒有，」她笑笑：「我餓了，想找個地方吃些東西。」

爾德指指背包：「這裡有！」

桑耶搖搖頭：「那不好，一風一俗，在這裡要吃這裡的食物才有意思。」

兩人來到一家山居飯店，這一帶飯店很多，大大小小的，兩個人進了一家整整潔潔的飯店，找了位置坐下，爾德放下背包，問老闆：「菜單在哪裡？」

菜單上差不多是一些野味，桑耶看了菜單，對爾德說：「你說得對，不如吃你背包裡的食物。」

爾德點點頭：「對啊，野生動物要愛護嘛！」

兩人起身出了小飯店，沿著修整好的山路、吊橋，四面鬱鬱蔥蔥，望上去看見雪山頂，莊嚴肅穆。

爾德開始拍照，桑耶一面吃東西、一面跟著他走，他充滿無限活力；慢慢上山，又高了，爾德取出背包裡的防寒衣遞給桑耶：「穿上吧，不要感冒了。」

「你不冷？」桑耶問他。

爾德笑笑，拉起外衣，裡面有一件厚厚的內衣：「我早就準備好了，這件衣服是爲妳準備的。」

「這麼肯定我會來？」

爾德拉住桑耶一隻手，對她說：「我是個充滿信心的人！」

這天玩得很開心，爾德拍照，桑耶跟在後面走了很多路，完全放鬆了身體，呼吸到自由清新的空氣。

晚上回家已經快十點了，車停在桑耶住的社區門外，爾德問：「累了吧？」

「有一點，不過也不是很累。」

「不如我們找個地方喝兩杯？」

桑耶想想：「那好，我們找個熱鬧的地方。」

Maborosi是桑耶喜歡去的酒吧。拉小提琴的女孩、唱英文歌的中年男士、樂隊最帥的Vibo是她在這裡認識的朋友，夜晚之後很難在其他地方看見這些面孔，音樂浮浮沈沈。

「這裡不錯，」爾德拉著桑耶一隻手帶她到裡面找了位置坐下，人很多，他們叫了一些酒，爾德沒有想到桑耶喝酒很快，半瓶紅酒喝下去，她一點事兒沒有。

桑耶說：「我基本上是素食者，這些紅酒是一種植物養料。」

爾德笑笑：「很奇怪，很有意思。」

一天旅行中差不多都是桑耶在聽，爾德很健談、很開朗，慢慢感覺熟悉許多，爾德問她：「你猜猜，我最想幹什麼？」

她說：「攝影吧。」

爾德笑道：「是的，我希望製作很棒的人文攝影，每一座城市在影像裡說話、吞吐呻吟、慾望與靈感共存，生與死沒有分別的概念。」

她沒有說話，聽他講，喝掉很多酒的時候，耳朵裡面已經塞滿了爾德那麼多的話。從酒吧出來時夜很深了，喝了很多酒，車是不能再開了，兩個人叫了計程車，先送桑耶回家，一直將桑耶送到客廳，爾德方才告辭下樓獨自歸家。

這天晚上她睡得很深，有人在夢裡朗朗地笑。

現在方便嗎？

陳創出差歸來後並沒有約桑耶，他對桑耶有較深的好感，同時，他也是謹慎小心面對感情，桑耶給他發去短信：「我昨天去郊外，有很多樹、很多清新的風、有板栗、有溫泉，還有一些思念。」

很快陳創回覆了短信：「如果你的心溫暖了，春天就在我身邊了。」

陳創這個人開始讓桑耶心生思念的錯覺，她換上那天酒會上沙沙作響的及膝裙，一個月的時間過去了，陳創像影子飄忽進來。

外面有些冷，打開衣櫃取出同色系的羊毛披肩，桑耶這個晚上想見到陳創，她撥通了他的電話。

「陳創你好，我是桑耶。」她對他說。

他在電話裡仍然聲音成熟有禮：「桑耶妳好。」

「我想見見你，」她說。

電話那邊沈默之後，說：「桑耶妳看這樣好嗎？現在我在辦公室，還有一點事，結束之後我給妳電話好嗎？」

桑耶說：「好，」默默合上手機。

爾德是兩年以前的回憶，她不願意活在回憶裡，追尋感覺對她很重要，是僅次於工作的第二種生存要素。

她在寫一本小說，一種反映雅痞男士生存情感的系列故事，陳創讓她頗有興趣，一百七十二公分的個頭，六十公斤，這是她用眼睛測出來的，一般說來不會有錯，她瞭解一些男士，通過某些接觸、文字與心靈。

桑耶沒有計劃過要與那位男士或者女士共度此生，孤獨不是多了一個身體就能夠避免。很晚的時候電話響了，她正臥在沙發裡看新聞。是陳創打來的，一份艱澀瀰散開，他問她：「桑耶，妳好嗎？」

她笑笑：「我很好。」

「在幹什麼呢？」

「看電視，新聞之類。」

「在家裡看電視，一定很舒適了，」他說。

「嗯！」她應道。

他說：「那麼，現在出來方便嗎？」

她想想：「時間有些晚了。」

他說：「是的，你累了嗎？」

她說：「看電視也是一種休息。」

「願意出來喝杯茶嗎？」陳創終於約她。

她笑笑，是的，爲什麼不去喝杯茶。她會儘量保持一份體面曖昧的距離，他的心思在事業上，她也許是撲面而來的扇底桃花，初識那夜她讓他心動，心動永遠不會成爲他莽撞行動的藉口，他是成熟的。商業讓他的成熟達到了很多男士沒能達到的高度。

約了地點兩人分別出發到達，是一家很優雅的咖啡廳，垂地窗簾，沒有什麼人，低低放了些音樂，藍色鯨魚幻化成海水平鋪在屋頂。

桑耶進去時，陳創早到一步，站起身靜待她款款走近，兩個人面對面站著，有些近的距離，而後分別各自坐下，坐在玻璃咖啡桌兩邊。

陳創西服端正筆挺做工講究，舉止透出成功的睿智與收斂，他的頭髮很整齊皮膚呈健康色，劍眉，眼睛裡面充滿無限活力，微笑起來眼角一些些細紋很讓桑耶欣賞，還有他身上隱隱的蘭德爾香水味道，看來他似乎偏好這種名貴香水，上一次也是這樣的氛圍。

兩個人坐在一起了，沒有說話，只是慢慢品嘗咖啡、慢慢享受夜裡的美色。

音樂再次換上，終於有人開口：「晚了，我們該休息了。」

陳創笑笑：「是的，明天還要工作，妳呢，每天工作忙嗎？」

她笑笑：「我是SOHO，自己支配時間。」

頓頓，她說：「我們離開吧，明天我也有工作。」

陳創讓桑耶先走半步，自己走在身側，留著禮貌的距離，桑耶很想拉拉他的手，不爲什麼也沒有更多慾望，只是溫暖一秒鐘手心而已。

陳創在身邊慢慢陪她走，他的身體在夜色裡溶進，只有裡面的一些想法是桑耶最想知道的。每個人的心被都市物質關起來，留一些縫隙給沒有經歷過痛苦的人，時間可以讓一切變得無法言喻。

他的賓士停在前面，桑耶決定自己叫計程車回家：「陳創，我叫計程車回家。」

儘管這樣不太禮貌，她還是不願意讓他誤會自己有所企圖，在他嚴閉的心面前，不能夠留下徘徊的影子。

陳創沈默了幾秒，很溫和地對她說：「讓我送妳回家好嗎？」他想，可能是自己的態度讓她感覺受到傷害了。

他不是個喜歡追逐美色的人，他已經習慣了不斷融入事業，每一日早早到達自己公司，處理很多事物，引領很多商業談判，各部門的經理、各個建築工地的運作等等，自己的家庭已經退到了精力邊緣。沒有人相信這樣的城市菁英會沒有紅粉知己，事實上陳創只是談過一次戀愛的人，他沒有更多的精力放在自己心儀的女人身上，他的生活只有工作與體驗工作，後天他會去珠海參加一個國際建築方面的會議。

桑耶默默上了他的車，陳創爲她關好車門。

沒有人說話，車廂裡輕輕放些音樂，她沒有想到他也是喜歡貓王的，這首是貓王最深情的「LOVE ME TENDER」。

桑耶告訴他自己住在哪條街，車穩穩開動，陳創在等桑耶說話，他對她有些低低的心動，他是不會將感情完全表露、一個很慢熱的人。

外面下了些細雨，街道上依舊燈火闌珊，車停下了，桑耶要自己走回社區，陳創默默看她打開車門，他說：「今晚感覺很舒適。」

她的年齡已不是將舒適放在第一位，她對他低低笑道：「再見。」

他依舊微微笑道：「再見。」

直至桑耶的身影完全消失，陳創方才掉轉車頭，瞬即停在街旁。細雨不斷飄落在車窗上，音樂還沒有結束，拿出手機給桑耶發去一條短信：「濛濛細雨。」

桑耶在樓梯上收到，走快幾步回到家裡，坐在沙發上給陳創回覆：「今晚時間過去了，感覺是一種流逝的東西。」

陳創在車裡等待，他收到桑耶的短信，暈黃燈光斜在他整潔襯衣、領帶上，西服外套搭在椅背，車裡面只是一位成熟男士。幾分鐘後他再給桑耶發去一條短信：「濛濛細雨，柔情蜜意，不想也難。」

成熟男人不表態，說出來的話與寫出來的話是有區別的，桑耶看見這句話，她得到一些感覺上需要的，關掉手機，放了滿滿的水，浴缸是德國KALDEWEI，放了些浴鹽，熱水浸濕身體忘記了一切。

需要陽光與大自然

陳創第二天為珠海國際建築會議準備一些資料，午餐後給了自己半小時的休息，秘書送來一杯咖啡。

他想給桑耶去個電話，為了感覺甜蜜。

她昨夜洗澡後就睡了，此時正在電腦前寫小說，很認眞專注，電話響聲反倒讓她一驚，拿起手機看是陳創的號碼。

她說：「陳創你好。」

他在總經理辦公室說：「桑耶妳好！」

「我在寫一個故事，你在辦公室？」

「是的，現在是午間休息，午飯吃過了嗎？」陳創聲音很柔和。

她說：「還沒有呢。」

陳創笑笑：「注意身體，明天我去出差。」

她想，爲什麼見了面反倒沒有話說？

她說：「你每天很忙吧。」

陳創笑笑：「是的，很難不忙。」

兩人沈默下來，而後桑耶說：「我們下次再聊好嗎，我有些事。」

不是故意拒絕他，桑耶不能理解陳創是在刻意隱藏，還是對自己禮貌上的敷衍，兩個人皆是注重自己形象的人。

陳創說：「那好，我出差回來後我們再聊好嗎？」

她笑笑：「好的。」

她甚至想，最好不要再見面，一個人怕對方沒有感覺，一個人怕對方感覺太多自己反而抽不出身來。

爾德不同，他喜歡取悅自己喜歡的女孩，多一些主動也多獲取一些快樂，至於對方對他的感覺這倒不是最重要的。

爾德後來漸漸與桑耶熟識了，一個像陽光、一個外在靜沈，桑耶不是很善於表達自己，她喜歡工作，喜歡行雲流水。

爾德的攝影作品眞的很棒，從作品質量以及意境本身看都很不錯。有些人對自己的工作要求很高，達到一定程度之後會反過來想自身與工作的關係，也許可以將環境排開，僅就自身來講，會去想很多，爾德開始想這些。

桑耶的廚房接受陽光的時間最長，雖然她很少動手做飯，但是很享受在陽光下喝牛奶。爾德在她的廚房做過十幾次飯，總是換著花樣做，桑耶在一旁看著一百八十公分的大個子忙得不亦樂乎。

餐桌上放得滿滿的，爾德笑著：「桑耶，我的廚藝從初中開始起步，現在火候很不錯了。」

桑耶嘗嘗，果然有滋味：「那麼早開始學做飯？」

爾德點點頭：「最初是爸媽上班很忙照顧不過來，自己試著學、捉摸著也就會了，後來感覺做飯其實也很有樂趣，我又是喜歡動手的人。」

桑耶笑笑：「我通常買些食物放在冰箱慢慢吃，有些時候也出去吃飯。」

爾德說：「你冰箱裡的食物又貴、又沒有味道，還是自己動手，吃下去特別健康。」

她說：「這個我還沒有考慮過，可能是時間不夠吧。」

爾德伸手輕輕友好地摸摸桑耶臉頰：「這麼瘦，不符合健康標準。」

爾德來訪漸漸給她帶來快樂，滿屋子摸得著的開心，像抓住一束陽光。有些時間他們會一同出去散散步，多是在爾德沒有加班的晚上，有一次坐在噴水池旁，爾德說：「如果每一天都能這樣陪你走走多好。」

「當然可以，不過前提是我要完成了自己的工作。」桑耶笑笑，她是個喜歡工作的女人。

爾德眼睛很亮、頭髮黑黑的充滿光澤，他說：「桑耶，為什麼沒有男朋友？」

她對他說：「我喜歡一個人過。」

「沒有情人？」

她說：「沒有，似乎沒有必要。」

爾德說：「可能是你的感覺還沒有對吧。」

桑耶看看他。

爾德笑道：「大學剛畢業那年，我與一位女孩同居，半年後無疾而終。」

「這樣啊，」桑耶有些可惜地說：「能遇見合適的女朋友並不是容易的事。」

「你很看重感情，」爾德說桑耶。

她笑笑：「所以我一直沒有擁有過。」

「什麼原因呢？」

她說：「對自己很嚴格的人對對方同樣會這樣，我喜歡工作認眞投入的人，喜歡成功的人，可是這樣的人通常沒有多少精力放在男女感情上，我也是這樣的，所以……」

爾德見她神情有些黯淡，拉住她的手站起來：「勇敢一點，有感覺就去追！」

她笑笑，兩個人牽手走著，爾德說：「與桑耶做朋友感覺很溫暖很溫暖。」

她點點頭：「我也是。」

爾德又說：「親吻的感覺也會很溫暖的，」他低頭在她臉上輕輕一吻。

她笑笑：「很溫暖。」

兩人牽手走了好久，已是盛夏了，她的工作每一日在家裡有計劃地完成，累了就躺在浴缸裡，放滿水滴上幾滴淡淡花香。夏日在家通常是一襲月白色睡衣，頭髮鬆鬆挽上去，頸部優美，赤著腳在木地板上走動，書房空調輕輕吹些涼風，書櫃門虛掩，沙發扶手上放了本《百年孤獨》，每天完成些稿件，小說接著再寫，故事不是自己能夠完全掌握的。

她與爾德不緊不慢地交往，甚至不像是純粹的男女朋友，但是他們願意交談，漸漸地願意說很多話給對方聽，有些時候在桑耶家裡，有些時候在爾德公寓，有些時候在夜晚街上，有些時候在一家人聲鼎沸的酒吧。

喝些礦泉水、喝些酒，走一段路，聽一些音樂；爾德初看外表似乎有些不羈，熟悉後才能理解他是很細膩的男子，有責任感、有活力，而且能夠控制自己。

夏季快要結束的一個下午，爾德依舊捧了一大捧亞洲姬百合按響她的門鈴，就如同四個月前。

桑耶淺粉吊帶睡衣的外面是一件同色絲綢外衣，頭髮依舊有一絲淩亂地伏在肩後，盡力投入工作的女人大半是孤獨的；他有一絲心疼。

她接過花，很喜歡這種顏色的百合，拿了瓶子插好，爾德依舊一件T恤，卡其布長褲，同色皮鞋，一個大大的背包，裡面應該是些攝影器材，他的每一根短髮向外溢出生命活力，牙齒又白又整齊，眼睛又黑又亮。

爾德說：「我是來告辭的。」

她看看他，想想，說：「現在告辭？還是再喝杯水？外面還有餘熱。」

她沒有挽留，也許點到為止更好。

他說：「我渴了，想喝杯水。」

四個月前的沙發裡，她也端了兩杯礦泉水遞給他一杯。爾德仰頭咕咕喝完，將水晶杯子放好，對她說：「我該走了。」她送他到門口，爾德看看她，伸出粗壯手臂溫暖小心地給她一個擁抱：「再見，桑耶。」

「再見」她握著自己那杯水看他走下樓梯，看他完全消失在自己視野。

一個星期過去了，又過了兩天，第九天，她收到爾德寄來的一張明信片，從北京寄來的，明信片上寫著：「你像水晶那樣靈性，有一半時間活在自己的世界裡，我是一塊石頭，需要陽光與大自然。」

百無聊賴的午後

陳創是闖進桑耶心裡了，她垂下眼簾看心裡，置身事外看自己與陳創，兩年前爾德的離開對她的傷害慢慢弭散，過了好些日子才學會克制自己不要去想爾德，石頭一樣結實、陽光一樣燦爛的爾德，在北京藝術家聚集的倉庫藝術區專注自己的攝影，偶爾會給桑耶發封郵件，一個跳動的卡通娃娃，下面的字在提醒桑耶「可愛的女孩出來蹦蹦跳吧」，還配上簡單動聽的電子音樂。

午後，百無聊賴，桑耶還是那樣清秀修長、拒絕動物脂肪、拒絕高膽固醇，拒絕兩年來一位不願放棄的追求者。

沙發上疊放了幾個大袋子，剛剛出門去買了些衣服、鞋子，大多是晚上適合的，太多的白日待在家裡，夜晚可以出去喝喝酒，有位漂亮男生是她的網友，同一個圈子裡的，約好了晚上見面，這次該她買單了。

她一直鍾意 GUCCI 服飾，緊身長褲、上衣，一頭長髮，米色閃光唇彩，米色高跟鞋，眉形自然修長，鼻樑挺直，她是那種永遠不會變成辣妹的人，與生俱來，她對生命有厭倦情結。

漂亮男生的電話打來，問她午後是否感覺無聊？

她說非常無聊，自己想追求的人總是逃避自己，眼看僅有的熱情一點一點在消失。

漂亮男生說：「親愛的，妳對他說妳要他。」

桑耶笑笑：「還沒有到那一步。」

漂亮男生說：「等你清清楚楚感覺到，又會物是人非。」

「不要說他了，」桑耶歎口氣：「下午好漫長。」

漂亮男生在電話裡說：「外面下雨了，你看看，好想出去走走。」

她起身走至窗戶前，拉開玻璃，冷風透進來，天氣慢慢變冷，冬季不遠了。

濕冷的日子有種讓她絕望的氣息從公寓看不見的縫隙透進來，一世的確太長了，日復一日地工作，日復一日的孤獨，沒有情人的日子是自己的選擇。熱情埋在很深的地方等待她開始寫出一行行意料之外的故事，一句句靈犀滲透時，方才浮出眼底。她理解很多自殺的作家，但身體不是唯一的表達方式，不是。

沒有想到陳創在珠海會給她打來電話，一絲絲雨正好飄落在她的掌心，手機還放在沙發上，走過去拿起來看看號碼，猶豫了兩三秒：「你好，陳創！」

陳創在珠海那邊說：「桑耶，妳好，」兩個人彬彬有禮各自克制。

他在電話裡對她說：「這裡的會議快要結束了，此行頗有收穫，明天我會啓程回去。」

她半躺在沙發上，雙腿伸直交疊，一隻手將頭髮拂至左肩，高跟鞋尖抵著沙發那端。

「妳呢？現在忙嗎，還在寫稿？」陳創問她。

她說：「沒有，現在只是在聽你說話。」

他在電話那端笑笑，她聽見是很開心、很欣慰的笑聲：「珠海這裡天氣很好。」

桑耶說：「這裡下雨了，有些涼。」

「有些涼嗎？多穿些衣服不要感冒了。」

她笑笑，沒有回答。

陳創說：「那麼，就這樣了，回來後我們再聯繫，好嗎？」

她說：「好的。」

這個午後不再很無聊，她接完電話穿了厚一點的外套出門，手袋裡一串鑰匙，鼓鼓的錢包、手機、紙巾，還有一隻淺金色外殼的唇彩。這些只是物質，如同所有的雅痞，用青春智慧換來的物質。

桑耶的美有些偏向冷淡，眉宇間有絲絲不易察覺的疲倦，她很會在人群中掩飾寂寞，如同很多眞正寂寞的人用工作不停塡滿空虛。

下午一直泡在酒吧，黃昏時分漂亮男生過來了，他是個細膩的大男孩，在意自己的容貌而且善解人意。他知道一些桑耶與爾德的故事，雖然過去很久了，他依然替他們惋惜。

桑耶極力不去回想，一切會被時間沖淡的，兩個人在一起談談音樂、小說、笑話，跳跳舞一直到夜深，她說：「現在我們都是沒有愛人的人。」

漂亮男生說：「這有什麼關係，我不會放棄追求。」

她笑笑：「我也是。」放棄追尋感情，活著的最後一條理由就沒有了。

很晚的時間，他們帶著四分醉意走出酒吧，叫了計程車各自回家，這樣的朋友讓她感覺很舒適，像泡在一浴缸熱水裡那樣舒適。

次日晚上，桑耶接到陳創打來的電話：「有時間出來一起喝杯茶，好嗎，桑耶？」

她說：「回來了？」

「是的，我在公司，馬上出門，來接妳好嗎？」

桑耶說：「我還是在上次那條街口等妳。」

她穿了柔軟溫暖的黑色大衣，拿了手袋，在街口自動販賣機前買了一罐可樂，喝了一半時，陳創的賓士緩緩開過來。

他伸手為她打開車門，待她坐好後，問她：「我們去哪裡？」

她說：「隨便好了。」

他笑笑，看看年輕美麗的女人，她看看他，陳創一分一分刻在她掌心，這些他不知道。

車向一家安靜的飯店開去，沒有什麼人的場所，燈光低靡，有人彈奏很憂傷的鋼琴曲，脫去大衣，她裡面依舊穿了件沙沙作響的及膝裙，與上次截然不同的白色，細鞋跟輕輕抵著餐桌腿，這一次，陳創有很多話說。

她不是很喜歡吃西餐，不過對於紅酒有興趣，一面喝些紅酒，一面聽陳創低低講一些話。

說的無非是些工作感受，沒有在言語上逾越過半步，她倒是無所謂聽他說些什麼。聽，本身就是一種享受。

吃完西餐，陳創帶她去了間咖啡廳，兩個人還是相向分坐，陳創五官稜角分明，微笑起來面部線條會變得柔和，漸漸他看桑耶的眼神有了柔情，桑耶說：「我們該離開了，夜深了。」

陳創在車裡問她：「這一次讓我送妳回家好嗎？」

她沒有說什麼，他也沒有說話，車在街角放緩速度，桑耶指指右方，陳創右轉，最後停在她住的社區門外，他們之間仍然有很多彼此不願意越過的陌生，兩個均是能夠克制自己的人。

她自己上樓，關好門，屋內開了空調升溫，脫去大衣，脫下華麗的裙，換上家居舒適的毛衣、長褲、一雙白色毛茸茸的拖鞋，書房燈光很柔和，打開電腦，開始工作；她逐漸在這段時間保持眞實生活感情上的瞬間空白。

空間不斷延伸，飛躍過去的天堂、墮落的人間，情慾，身體一直沒有得到解脫，靈魂遺失在生生世世，脆弱或者悲傷成不了翅膀。

很晚了，她一直在寫，直至黎明方才落寞的躺上床，拉過雪白的被子，夢在城市上空迴旋，一直就沒有離開。

一縷陽光透過窗簾縫隙，醒來是下午時分。

手機在屋角充電。

大三那年桑耶有過一位德國男友，感情就像一根火柴，劃燃了就會有熄滅，在生命大一些的定數面前，小的細節怎麼逃得過？所以感情永遠放在她的第二位，第一位是想掙脫身體的束縛。用很多的選擇方式，愚蠢的、好笑的，她想智慧或許是唯一可以幫助她的。任人宰割的動物跟隨慾望的身體、飛不起來的驕傲，一輩子的時間好長，令人絕望。

與爾德交往那段時間絕望減至最低，可惜他始終認爲兩個人的生活狀態太多的不能長久融入，桑耶很願意試著去改變自己，空白的兩年感情，爾德一直留了笑聲與力量，她沒有挽留，沒有試著去追隨，時間過去再過去，她失去了勇氣，依舊陷入自己選擇的生活方式裡，日復一日的寫、日復一日地工作，生存也需要付出努力，優雅的生活方式、豐富的物質供給像是需要犧牲快樂的浮華泡泡。

她不敢去想像如其她 OL 那樣在大的辦公室裡穿梭遊弋，她是很自信的女人，相信自己的智力，相信自己的實力，也相信自己的明天，只是憂鬱一直潛伏在內衣邊緣，夜靜了，就出來騷擾她的美麗。

下一次的約會是她給陳創的電話，冬季外面開始冷，很冷的風，屋子裡四季恒溫，窗簾還是夏季的淡薄，她對陳創說：「離開上一次見面，有一個星期了吧？」

陳創依舊在總經理辦公室，他轉轉身看窗外，冬季的天空灰灰的：「桑耶，晚上我來接妳，我們出去走走，好嗎？」

她說：「好的，我在盼著與你再次見面。」

陳創靜默下來，桑耶讓他動心，她付出給他的一份感情讓他感覺甜蜜，是甜蜜，他找不到其他的適合詞語。每一天的工作如此繁忙，很早就出門上班用盡智力守護自己創下的基業，很晚的時間回到家裡，太太睡了、孩子也睡了，疲憊的男士洗了澡、喝杯牛奶暫待熟睡，夢裡面更多的是一幢幢高樓大廈。

下午陳創盡可能早一些結束當日事物，晚上七點，他給桑耶去了電話：「桑耶，我來接妳，我們去吃晚餐。」

桑耶還在電腦前，停住手指：「那好，我等你」她問他：「知道我在幾樓嗎？」

陳創笑笑：「還不知道呢。」

她笑了：「我還是在社區門口等你，你到了給我電話。」

他說：「好！」然後走出辦公室。

半個小時後他的車停在社區門口，給桑耶去了電話；十分鐘後桑耶坐進車裡，很有質感的黑色高領毛衣、黑色及膝裙、黑色羊皮高跟鞋、白色羊毛大衣，桑耶的長髮輕輕挽上去，五官端莊潛藏脆弱。

依舊是西餐。晚餐後陳創開車去了一家舞廳，很有情調、人也很少，黑人歌手低低唱些憂鬱的情歌，這一次，桑耶坐在陳創身邊，沙發很柔軟，陳創聲音依舊低低的，兩個人一直在聽歌，說的話很少。

桑耶說：「我們跳舞好嗎？」

他的下巴輕輕靠著她的額頭，他聞不見她的香水味道，她本身是清新的。

沒有多餘的話，這是他們第二次共舞，第一次是在初識的酒會上，桑耶陪漂亮男生去酒會玩，結果男生中途走了，她留下來是因爲看見陳創，很熟識的感覺，一直到此時也是。

他們的交談僅限於工作，陳創說：「看來我們都是寂寞的人。」

她笑笑，這晚，陳創將她送回家裡，在客廳，桑耶說：「坐坐好嗎？」

陳創笑笑，很委婉拒絕：「妳累了嗎？」

她立即點點頭：「是的，想早點睡覺。」

陳創俯身在她耳邊說：「晚安！」

桑耶淡淡笑笑：「再見，晚安！」

陳創下樓後，桑耶輕輕關好門，一滴淚珠無聲無息滑落。

所謂情態

桑耶極力拒絕加大愛上陳創的可能，因她需要繼續自己自在的SOHO，需要保持無所謂的情態。

爾德離開後，兩年來一直追求她的一位圈內挺有名的畫家說：「桑耶，妳缺少激情，如果工作讓妳太累就休息一段時間，我帶妳去英國玩，我不要看見妳的美麗一日日變成憂鬱，爲什麼不試著接受我？」

畫家的下巴上蓄著一圈鬍鬚，他很有天分，他的畫在挪威奧斯陸國家美術館辦過個人展覽，一直獨身，有過女友，後來分手的原因是因爲他認識了桑耶，一位值得他等待追求的女士。他很忙，也有情人，但桑耶一直佔據讓他心疼的地方。

她與畫家的來往用電子郵件、電話，見面的時間不是很多；畫家外出的時間很多，只要到了有桑耶的這個城市，他會多留些日子，有時來桑耶家裡坐坐，有時帶桑耶出去走走，見見他那些朋友，桑耶與畫家不言情、沒有慾望舉動，只是有些懶散地交往；畫家是個很有性格魅力的男人，三十七歲，桑耶更多的感受是被他的畫感染。

陳創不同，他開始讓桑耶心疼了，沒有什麼解釋，桑耶每天工作累了，就會想到陳創。沈默堅毅的男士，他的心裡與桑耶一樣寂寞。

那些與生俱來的寂寞最好是用工作來填滿，桑耶有些時間會給陳創發去短信，一首詞、幾句七言古詩，陳創回覆說：「你的詩越來越隨意了，太好了！」陳創知道桑耶正在一點點打動自己，用一隻看不見的手指心。

桑耶回覆說：「沒有，有些是我在曾國藩編著的《十八家詩抄》裡爲你挑選的。」

桑耶與陳創會在晚間發個短信或者通通電話，見面的時間不多，她欣賞他的成功，在她看來這是很簡單的生存原則，成功的人必然有一方面是堅毅出眾的，桑耶甚至不能原諒自己對工作的偶爾懶惰與漫不經心。

陳創在電話裡說：「外表看上去妳是那樣平靜淡漠，內心妳熱情似火。」

桑耶笑笑：「我自己並不知道。」

陳創說：「出來見一面好嗎，我們很久沒有見面了。」

這一次是在車裡，週六的中午，桑耶頗感意外；兩個人談話有些小心避開，保持一份體面的距離，車向郊外開去。

冬季，開始飄雪的下午，離開城市的一處度假山莊，陳創西服外面依舊是做工細緻規範的中長大衣，桑耶穿了柔軟暖和的藍色中長外衣，裡面是同色系的毛衣長褲，陳創欣賞她的年輕優雅，這一次兩個人之間的氣氛有些不同，可能是因爲在度假山莊，精神上開始放鬆，談話期間笑容也多了。

山莊二樓是很安靜的品茶好地方，布沙發之間用濃密的盆栽隔開，桑耶先坐下，陳創猶豫片刻，坐在她身旁，招待過來，陳創問桑耶喝什麼？桑耶說來兩杯綠茶吧。

茶很熱，桑耶出門忘了帶手套，雙手捧住杯子，陳創問她是否冷？她說有點，可能茶廳空調不夠，陳創說我們找個房間坐坐，裡面會溫暖許多。

她沒有說話，陳創說妳等等。

他去大廳開了樓上的單間，然後返回茶廳桑耶身邊，對桑耶笑笑，很柔和的笑容很能打動人的五官。桑耶起身隨同他去四樓客房部，樓上很乾淨，房間裡面鋪了暗紅色地毯，門輕輕關上。

空調打開很快溫暖許多，陳創脫下大衣，桑耶也脫去大衣，房間中央一張雪白柔軟的雙人床上靜靜放著兩個人的外衣，窗戶旁擺了兩個單人沙發，梳粧檯旁飲水機上一小桶礦泉水。

桑耶笑笑：「這個小桶很可愛。」

陳創坐在外面的單人沙發上，桑耶坐在旁邊，兩人中間隔了一個小木几。

他問她：「還冷嗎？」

她笑笑：「現在不冷了。」

陳創看看桑耶，說：「我的大部分激情與能量都消耗在工作上，與你透過短信、電話交流是我的最愛。」

她愣了一下，兩個人還沒有在這樣單獨的房間裡近距離獨處過，這樣讓她感覺愉快，她伸出一隻手：「陳創，握握我的手。」

陳創伸出一隻手隔著木几，她笑的時候他的心眞的感覺到溫暖，他的手放在木几上，桑耶的手放在他掌心。

他大她十六歲，她頗有興趣聽他說話用詞，有些世代上的代溝，不過不嚴重，桑耶甚至想陳創可能不會知道MIL是什麼意思，他的學歷挺高，如果對他說GF/BF呢？

「你在笑什麼？」陳創見她獨自笑得有趣。

她問：「你知道MIL嗎？」問完就後悔了，聽上去有些動機不良。

果然，陳創問她：「何謂MIL？」

桑耶眼睛四處看看，說：「沒有，隨便問問，鬧著玩的。」

陳創在她眼裡開始變得有趣、親近，陳創需要的不是火，他只需要溫暖甜蜜的感覺，僅此而已，多的，他沒有時間與精力付出在上面，而且他對自己的家庭很在意。

桑耶不同，也許她要的是很熱很熱的過程，她看上去淡薄，是需要一些火點燃自己，陳創不會給她，陳創說：「桑耶，我們是朋友了。」

她點點頭看他。

陳創說：「我一直當妳是很好的朋友，朋友就會有朋友之間的火花。」

桑耶說：「每到冬季我就會感到過度寂寞，火可以消除冷的感覺。」

陳創說：「火可以溫暖人也會燙人。」

桑耶問他：「你取什麼？」

陳創說：「我取其中。」

桑耶沒有說話，慢慢將手從他手心拿開，兩隻手慢慢活動指尖，有些心疼漸漸撕裂開。

陳創起身走過去拉住桑耶兩隻手，桑耶站起來，他對她說：「細水長流愈久彌新。」

陳創一直對桑耶很有好感，按照他的生活法則，年輕女子的接近一定要提高警惕，這樣的誘惑一直潛藏在他身邊，他沒有餘力顧及也沒有閒情；可是他也承認桑耶很不同，一個才華橫溢、熱愛工作的優雅女子，能在一定程度上克制自己，而且沒有什麼不良嗜好。

看她的眼神一點點冷淡下去，陳創接著說：「我希望妳我都幸福，我更願意將我的心給妳，但是我不會心痛，這樣好嗎？」

「這是成功人的遊戲規則，我沒有興趣知道。」她說，掙脫開他的手心。

陳創輕輕將她擁進懷裡，他在意她的感受，桑耶說：「如果我們不認識，多好。」

這一份感情讓她疲倦、讓她心疼。他在她耳邊說：「工作與妳我都要。」

她有些淚水想跑出來，可是這樣不好，不能夠讓自己看上去很依賴，她笑笑，從他的懷裡出來，剛才的話，傷害到她。她不要什麼，有關陳創的一切她都不要，僅僅想要保持一份感覺也這樣難。

她對他說：「還是想回到不認識你的狀態，沒有一點依戀。」

從高中的那場暗戀開始，然後是大學的異國戀，再後來是與爾德四個月的交往，還有不緊不慢追求她的畫家，她的感情遭遇似乎注定這樣每一次沒有結局，默默就結束了。

接著對陳創說：「喜歡一個人沒有錯。」

陳創點點頭。

她說：「可是這種感覺始終像是雨後的泥地，我不希望這樣，我們回去吧。」

陳創輕輕嘆口氣：「桑耶，妳總是一點一點讓我心疼。」

桑耶看看他：「這句話不像是你說的。」

陳創問她：「我給妳的印象很不好吧。」

她說：「你對我很冷漠，可是就在剛才，我發現你的態度已經不再重要。」

陳創雙手捧住她的臉：「我在乎妳，是真的，只是我的工作時常呑沒我的私人時間。」

桑耶說：「我也很在乎我的工作，可是我仍然抽出時間來想你。」

陳創被這句話感動，他的手掌輕輕撫摸桑耶柔嫩的臉頰，她淡淡笑笑，在他唇上很輕、很淡、很禮貌的一吻。

她說：「我們出去走走？」

陳創的工作與年齡讓他的確沒有多大心力放在心儀的女人身上，桑耶這樣淡淡的態度他倒覺得挺好，感覺甜蜜就行了，何必非得烈焰升騰，他相信理智釀蜜酒，失控造苦水。

陳創拿過桑耶的大衣幫她穿好，自己再穿上大衣，兩個人在山莊四處走走、看看電視、說說話，沒有多少曖昧，很自然、很禮貌，也很克制，雪還在細細地飄。

山莊有一些很有情調的單間餐廳，兩人一同進餐這是第三次，雪白的桌布，桑耶想到房間雪白的雙人床，酒杯對面的人很有味道的在品嘗美食，桑耶的衝動漸漸到達了指尖。

陳創看看她，他能夠看懂，只是他仍然在克制自己，慢慢地將一餐飯進行下去；她很年輕，沒有他那樣的克制強度，桑耶說：「我出去片刻。」

陳創對她笑笑，點點頭。

桑耶來到走廊，再往前面走些，拿出手機想打個電話，給誰？愣了片刻，按出畫家的號碼，那是一個願意靜靜聽桑耶說話的人，儘管他們迄今爲止沒有什麼。

電話通了，畫家先打招呼：「桑耶，妳好嗎？」
她說：「我不好，很難受。」
畫家關切地問：「爲什麼呢，寫不出來了還是身體不舒服？」
她說：「很糟糕，很亂。」
電話那頭頓了頓，畫家說：「你愛上誰了？」
她說：「很難說，希望沒有愛上他。」
畫家說：「沒有愛上他就不要讓自己難過，要不然驅走這種感覺，讓自己心情解放。」
桑耶想想，說：「那好，我儘量不讓自己難受；因爲這樣不好，我需要很穩定的心態。」
畫家說：「這就對了，寶貝，妳的心疼只有妳自己承受，開心一些，快樂一些。」

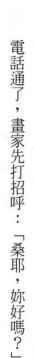

桑耶說：「現在好多了！」

畫家說：「那就好。」

「再見！」她輕輕結束這次通話。

回到餐廳，陳創在等她。桑耶心裡好多了，她對陳創笑笑：「剛才心情不好，給朋友去了個電話，現在好多了。」

陳創一直明白她的不開心，他不會去點破，況且這樣的交往也許正是他所需要的，至於桑耶的感受，他有一定尺度，再越過去他又不希望影響自己家庭，很理智的男人，很成功，也很落寞。

晚餐結束後，陳創開車回去，桑耶坐在旁邊，車廂裡慢慢流淌一些音樂，沒有人說話直至回家，依舊將她送上樓，在門口他說：「妳對我沒有信心，可是我想到或著看見妳，心裡就很溫暖，我不能要求妳來明白我的感受，不過，與妳相處很甜蜜。」

她笑笑：「也許我知道。」

他笑笑：「晚安！」

她點點頭，看他下了樓再輕輕關好門。

浴缸熱水放滿，她浸了一個多小時，然後穿上柔軟的睡衣，一件長棉縷外衣，書房裡面有些隱隱的檀香味道。啓動電腦後去廚房倒了杯冰牛奶，爾德傳了封電子郵件，裡面是些日常問候以及他的近期工作等等，很友好的措辭；這麼久以來一直是這樣通過郵件問候。

剛給爾德回覆完畢，信箱裡又來了封未讀郵件，點開看，是畫家的，他在裡面說：「桑耶寶貝，快樂生活！」

她的日子很難用快樂與否來形容，每天寫作順利就差不多是快樂了，寫不出來或者寫的很混亂時，日子開始低沈；感情是其次，有一本心理書上寫「小時受到性虐待的陰影可能會一直延伸到成年後的感情、擇偶觀、家庭觀。」

她很贊同這種分析結論，所以她的擇偶觀很簡單，相處不一定非得結婚，她用了很多年去忘記幼時受到的性虐待，但是陰影還是遮蓋了很多看法。我們生活的世界叫做娑婆，有缺陷不完美的意思，遺憾表現在各個方面，身體或者心靈，桑耶後來開始正視性的摧殘，生命本身就是有缺陷的表現，主動被動、有意識無意識的摧殘，人的、動物的、環境的，輪到自己的也許就不算什麼了。

情人克制

個人的確不能算什麼，經濟或者環境的一個浪頭就足夠嗆水個飽。桑耶一直有生存憂慮感，儘管有自信且現在收入也不錯，一直都有稿費或者版稅收入，但是這並不代表可以長久這樣，所以她一直很認眞工作，甚至是嚴肅對待；她還有些理財上面的規劃，準備換一套房子，在環境再好一些的社區購置一套樓中樓公寓，現在住的公寓可以出租；她沒有買車的打算，主要是寫作讓她感覺身體疲倦，出門寧願叫計程車。她的父母在另外一個城市，將來他們年紀大了最好與自己住在一起，自己的後半生經濟生活靠智力與努力來達成，至於感情，有些時間她會羨慕那些完全活在感情世界的女人，這樣的女人有，可是很少。

也有很多人對桑耶的生活發出很不錯的感慨，不怎麼缺錢、住環境很好的電梯公寓、一直有人追，雖然沒有時時在身邊，可是也不錯了，追她的又財、才皆具。

桑耶自己對男士沒有什麼過分要求，有些冷淡、有些閃避，就像陳創患上愛無力，桑耶這樣的看重工作，顯現出有憂慮感的小資女人同樣也有愛無力的癥結。

她端了杯水，半躺在沙發裡看一節《兄弟連》，她需要從大師手法上看見精神與力量，最終從困難抑鬱裡面生長出來的力量往往是充滿智慧芬芳。

桑耶的情慾藏起來了，她不喜歡一夜情，不爲什麼。陳創是個精神旺盛的男士，這天晚上桑耶收到他發來的短信，裡面寫：「桑耶，我喜歡ML」

她回想那天在度假山莊問他的「你知道ML嗎？」她拿著電話漸漸笑了，他應該是透過網路知道的。

她回覆：「?」

陳創的短信又來了：「當然，而且很旺，妳呢？」

她靠在沙發裡，給他回覆：「我有壓力就需要緩解。」

陳創回覆：「也許換個環境會好些。」

短信讓她臉色變紅，她回覆：「可能是沒有力量用身體去愛一個人。」

陳創可能不瞭解桑耶的力量是指心力，他回覆給桑耶：「ML需要的是激情、柔情、溫情與呵護，又不是蓋房子需要力氣。」

她笑笑，回覆問道：「我們再見面會做愛嗎？」

陳創回覆：「我想見了面我們都會明白是否會有激情、柔情、溫情，然後該發生的躲不開。」

她沒有回覆，他們會發生什麼嗎？

寂寥衝動刹那湮滅，桑耶歎口氣，回到電腦前繼續那本中篇小說，漂亮男生問過她是否喜歡寫性愛場景，桑耶認爲寫多了就會看破紅塵，色即是空，沒想到大家都有同感。

一直寫到夜裡十點，有人按響門鈴，打開了看見是陳創，她沒有想到，而且非常意外，事先沒有約定的忽然造訪。

桑耶側側身子，陳創進屋後說：「好溫暖。」

客廳裡面，桑耶幫助陳創脫去大衣，一切很自然、很和諧沒有任何尷尬，陳創在耳邊低聲對她說：「我希望能夠給予妳多一些的溫情與呵護。」她沒有說什麼，這個晚上他真的讓她感動。

清晨，她閉著眼，陳創瞭解明白，所以自己穿好衣服輕輕關好門開車去了公司，依舊是繁忙競爭的二十四小時。

她依舊每一日在家工作，小說繼續寫。

他們接下來儘量事先約好了再見面，見面的時間不多，纏綿的時間也不多，兩個人都不願意過多依賴牽掛，克制一些，留些溫情與呵護給下一次，只有這樣方能保持長久一些。

春季慢慢來了，畫家來了這個城市，首先來桑耶家裡，進門就緊緊擁抱她：「桑耶寶貝，我這裡想妳。」他的手捂著心口。

畫家常這樣對桑耶說，這是他的禮貌語，陳創如果這樣說，桑耶會震動。
畫家說：「桑耶，在戀愛嗎？」
桑耶問他：「這也能看出來？」
畫家笑道：「妳的眼睛裡有啊。」
桑耶避開這個話題，問他：「這次來能待多久？」
畫家說：「參加一個研討會，關於現代城市人的文化關懷藝術，大約一個星期左右，應該是比較熱鬧的，來的人很多，五、六個國家的。」
桑耶友好留他：「還是住我這裡，客房一直空著。」以往他來，偶爾也會在桑耶客房住一晚或者睡個午覺。
他放下簡單的行李，桑耶倒杯果汁遞給他，他接過來一面喝著、一面走進桑耶的書房：「還是這樣，還是這樣！」
她問畫家：「這樣不好嗎？」

畫家轉過身問桑耶：「桑耶寶貝，他是誰？」

桑耶愣了愣。畫家說：「爲什麼不告訴我？如果他是流浪漢你也會告訴我的，除非對方有家有室，對嗎？」

畫家除了專業天分高，在生活上領悟仍然很高，他對桑耶說：「你們很親蜜了吧。」

桑耶笑笑：「是的，什麼也瞞不過你。」

畫家一隻手握著杯子一隻手臂伸過來擁著桑耶，對她說：「我希望妳快樂，這雖然是妳的私事，我還是不願意看見妳受到傷害。」

桑耶問他：「爲什麼對我這樣關心？」

畫家對桑耶說：「這兩年我一直不能夠讓妳產生衝動，我是在等妳，等妳有一天會發現自己眞正離不開我，我是說心裡的話，妳受到委屈或者心裡鬱悶不解，首先想到的就是向我說說，給我電話，那麼我們之間就有可能，發展下去的可能。」

桑耶笑笑：「我們之間不會的，何況你有情人。」

畫家說：「情人不是愛人，我需要的是能夠在一起走很長一段路的愛人，情人用身體維持，而愛人可以用精神、用心靈。」

他們這一群人總有些瘋狂因素潛藏，桑耶笑笑，沒有在意他的語言。

這一個星期畫家住在桑耶客房裡，白天去參加一些會議等等，也會帶上桑耶，他們兩人形象上很搭配，很多人以爲桑耶是畫家的女友而對桑耶禮遇有佳。

第五天的會議是關於城市建築與城市人文藝術的和諧主題，會議設在裝修非常具有現代大都市氛圍的新大廈寬敞的大廳裡。幾十人當中，陳創看見了桑耶與畫家，沒有來得及稍稍避開，三個人碰面了，沒想到畫家是認識陳創的，畫家更沒有想到桑耶是陳創迄今爲止唯一的情人，若即若離的情人，不見面的時候打個電話也會克制的兩個情人。

畫家為他們互相介紹，兩個人平靜地微笑點頭，畫家介紹說這座大廈是陳創的新產業，裝修壁畫的公司還是畫家介紹的，陳創對這座新大廈非常滿意，畢竟是自己的成功與心血。

桑耶那一刻完全理解了陳創，理解他的辛苦與努力，理解他對自己的苦心，陳創的心被鋼筋水泥文件合同填得太滿，又不能停滯住腳步，能夠拿出一分柔情與呵護給她，他是盡了力了。

秘書過來對陳創說了什麼，陳創對兩人禮貌笑笑，轉過身去處理一些事物，桑耶一直看他背影，直至畫家說：「桑耶寶貝，看入迷了嗎？」

桑耶笑笑，畫家不會知道桑耶與陳創的情分，她不會對任何人提及，陳創自然更不會對任何人提及。

這晚，畫家在客房入睡之後，桑耶拿出手機撥動陳創的手機號碼，電話接通了，但是陳創一直沒有接，後來桑耶黯然關掉手機。

兩個人的戀情在這次意外見面之後似乎終結了。

至於畫家，在這次見面同處之後對桑耶的感覺愈加濃厚，離開前的晚上，畫家對桑耶說：「桑耶寶貝，今晚我可以睡在妳旁邊嗎？」

桑耶心底還是黯然未解，她不會再去聯繫陳創，陳創讓她心疼，兩個人留在床單之間的記憶也讓她心疼，她是愛自己的，害怕這樣的感覺持續過長，更何況這是一場注定沒有希望的開始。

桑耶對畫家說：「我想與你一同出去生活一段時間，想換個環境。」

畫家說：「當然沒有問題了，明天吧，明天我們一起去北京。」

晚上桑耶開始收拾一些東西，一些重要的文件、稿件等等，存進電子信箱、存進隨身碟，一些衣服、幾本書、身分證、錢包、等等。畫家當然能夠看出桑耶精神上的鬱悶，他沒有多問，半躺在沙發上看電視、一部旅遊片。

第二日桑耶隨同畫家去了北京，畫家在北京倉庫藝術區租了很寬一間倉庫，倉庫門吱呀推開，很寬敞的畫室，大木桌子，裡面裝修了鐵皮樓梯，樓上是臥室，擺在地上的床，窗戶外面天空很高，灰白色的。

畫家有台配置很不錯的電腦，其餘辦公設備也很周到，桑耶失去了工作力量，需要休息一段時間，調整狀態。春意漸漸濃了，桑耶喜歡曬曬太陽，坐了計程車去頤和園曬太陽。

畫家的情人很快將最後一點私人物品搬出了倉庫，她看上去與桑耶年齡相仿，桑耶心裡比她多很多很多個秋季，桑耶不在乎這些，人與事只是晃過身邊的影子，留不住。

樓上買了新床，很多舊時的床單完全消失了，畫家說他希望眞正有個開始，屬於他與桑耶兩個人的。畫家的很多朋友也這樣認爲，他們兩人很配，感覺上從很多方面都很適合。

休息了一些日子，桑耶開始接著寫作。

她與畫家相處很融洽，很多方面能夠互相理解，也願意將一些看法說出來互相交流，這樣就足夠了，兩個人相處還求什麼呢？只是對於結婚，桑耶對畫家說她還不想去考慮，那畢竟只是一種形式。畫家無所謂，只要桑耶的愉悅狀態傳達給他就行了。

爾德也在倉庫藝術區住過一段時間，後來去法國住了一段時間，再回來時在畫家倉庫見到桑耶，爾德依舊充滿陽光，每一根短髮透出生命力。

爾德知道了桑耶與畫家的關係，他一直是桑耶的朋友，相互友好關心的朋友。過去的不會再回來，陳創也是過去。

盛夏，桑耶穿了飄逸的長裙，赤著腳在一旁看畫家作畫，他是一個很成功的畫家而且一直沒有停止過努力，畫家個子高高的、皮膚白白。的眼睛很黑，手臂很有力。他騰出手摸摸桑耶一頭秀髮在她唇上深深一吻，她伸出手輕輕摟住畫家結實的肩膀。

這個秋季，桑耶計劃回到原來的城市，準備買一套樓中樓式房子。畫家說：「寶貝，爲什麼不在北京買房？」

桑耶笑笑：「我的父母習慣了南方的空氣濕度，將來他們老了是要與我住在一起的，原來的房子可以租出去。」

畫家笑笑：「寶貝，我可是計劃了在北京買別墅，這裡整個倉庫區的出租合同只簽到二〇〇五年，希望到時候還會有機會繼續簽下去，否則這麼多的藝術家又得重找地方，這樣好的環境不太容易再找到。」

桑耶說：「上海蘇州河畔也不錯。」

畫家笑笑：「到時候再說吧，我想去挪威，那裡的一家美術院校給我發來邀請函，兩年的訪問學者。」

桑耶說：「去北歐？」

畫家說：「寶貝，我們一同去。」

桑耶說：「好啊，我還是先回去將房子買了，我在網路上看見幾個不錯的社區，現在正是訂屋時機。」

「寶貝，過幾天我要去雲南。」

「沒有關係的，我沒有問題的。」

「我知道，只是不願意看見妳一個人。」

「我忙完了，來雲南找你。」

畫家點頭笑笑：「好的，寶貝。」

桑耶帶了些簡單行李飛回去。已是下午時分，拉去家具上的防塵布，用一個小時做了房間清潔，浴缸放滿熱水，屋子裡靜悄悄的沒有哀傷、沒有喜悅。

看了些新聞就睡覺了，第二日清晨下樓買了幾份報紙，然後直奔在網頁上看中的大樓，一直到下午，才定下一處自己很滿意的社區，社區部分樓層已經售出，桑耶注意到建築公司，是陳創的工程。

她笑笑，拿出手機給陳創去了電話，不爲什麼，也無所謂他接或者是不接了，她認爲自己坦然了。

電話通了，陳創聽出了桑耶的聲音，兩個人笑談了幾句，後來桑耶說到自己在買房，陳創問需要幫忙嗎？桑耶說那太好了，買房實在是一件很累的事，陳創問了桑耶現在在哪裡並讓她等等，說自己很快過來。

陳創換了輛更長的漆黑發亮的車，司機制服筆挺，爲了桑耶買房的事，陳創讓出了自己給一位親戚選中的套房，並且帶她去另外一個社區看房。

坐在後座，兩人絕口不談前事。很快到了，上樓看房，現在還是空房，佈局不錯，動線、光線也不錯，桑耶很滿意：「這房子我很滿意，這樣，我將購屋支票直接給你好了，我也省去很多麻煩，你知道我是有些怕麻煩的。」她笑的時候還是那樣迷人理智，從皮包裡拿出支票，她問陳創應該付多少？

陳創拒接電話之後就失去了桑耶的消息，思念很深，他對桑耶說了此房的售價，桑耶填好支票遞給他。陳創收下後問桑耶有什麼裝修想法，桑耶希望裝修成歐洲風情，陳創說：「妳放心的話，將這個裝修交給我來辦，我會讓公司最出色的員工為妳設計裝修。」桑耶點點頭笑笑：「好的。」

陳創目光落在桑耶白淨細膩的肌膚上，她還是喜歡合身質感好的服飾。陳創想說什麼，桑耶笑笑，目光很清朗；陳創明白了她的心思，笑笑，沒有再說，曾經的親蜜只能有空時再拿出來回想了。

當天晚上桑耶在家裡告訴畫家自己會很快來雲南找他，爾後的一個月桑耶陪在畫家身旁，每天堅持認眞對待工作，她的寫作是一件私人化、個性化的工作，很樂意這樣對待日子。

很意外的，桑耶接到陳創打來的電話，陳創告訴桑耶房子全部裝修完成，如果可能桑耶回來看看最好，有什麼不太滿意的還可以改動。

房子交給陳創，她非常放心，陳創的專業、成熟、高品質是他當初吸引她讓她心動的特色。

桑耶再次暫別畫家回去看房子，事前與陳創聯繫好了，陳創開了以前那輛賓士來機場接她。她有些累在車上閉著眼休息，直至到了新房樓下陳創才輕輕喚醒她，爲她打開車門陪她上樓，將鑰匙遞給她，桑耶笑道：

「謝謝你。」

陳創笑笑，兩人之間似乎越發有了默契。

桑耶沒有想到室內裝修會如此令人滿意，而且家具電器一應具全洋溢濃濃的歐洲風情，陳創說：「妳的書房設置在樓上，看看吧。」

推開漂亮的雕花木門，書房裡面電腦也是配備安裝好了，書櫃裡面整齊排放著書籍，桑耶走近書櫃，手指尖撫過玻璃門，她對陳創說：「好周到。」

陳創頓頓，說出一句：「我希望妳我都幸福。」這句話他以前說過，那時她不明白，現在能夠懂。

她對他說自己冬季過後準備去挪威住兩年，這房子會讓爸爸、媽媽來住。他問她是否與那位畫家同去，桑耶笑笑：「是的。」

陳創說：「這一次回來，住幾天嗎？」

桑耶想想：「會住幾天的，近期我在爲一家時尚雜誌撰稿，快交稿了，今天剩下的時間是不能夠耽誤了。」想想：「我應該付給你們公司多少裝修費用?」

陳創說:「妳先試住一段時間再說，有不滿意的可以進行改動。」

她說:「我很滿意，眞的，很滿意。」

還有一些

黑夜依舊是一支燃燒的香煙，桑耶沈了心、赤了腳坐在樓梯上，手腕上一隻江詩丹頓 Egerie 珠寶女錶是陳創送的禮物，禮物盒子裡面還有一張支票，買這套房子的支票，陳創靜悄悄地還給桑耶。

她回來住了九天，陳創昨晚在這裡陪她，今夜一過，桑耶就要回到畫家身旁。

這一夜有些照常的工作，有些淡淡香水味，還有些思念。

愛的精靈

愛一個人，
卻充滿掙扎與沉淪，
也許那些感情積蓄是要寄往他的戶頭，
在今生，
所以很疼很痛。

在成都住過、在九寨住過、在北京住過，心是不會隨地點而變的，相信自己還有能夠愛一個人的力量，雖然日子有些時候讓人疲憊、讓人憔悴。

昨天與一位朋友聊天，他只是大我一歲，他不會說「喜歡某一件事物，」因為那樣就不成熟了。我問他成熟的表達是什麼？「成熟的人不表態。」

看來我很難達到這標準。高中時代自己暗戀一位年輕憲兵，沒有隱諱，我給他寫了很多類似家書的情書，很有意思，到現在我也沒有認為那是幼稚，相反地感謝時間讓我認識那樣美好的男孩子，雖然隨同他的退役我們很早就斷了音訊。

自然，喜歡一個人不會是什麼錯誤，就如同我在桑耶寺的夜晚看見群星無語，是一種很自然的天象。可是城市裡面不同，人與人之間隔著鋼筋水泥；同處一個屋簷下的男女尚且不敢完全表露眞心，擔心會受到傷害，擔心世事無常也許下一刻就得爲生活操心，我們把握不了所有，只得犧牲自己心靈眞正的感受。

成熟的男女還可能存有力量去追逐自己所愛嗎？也許很多時候是責任代替感情。看上去我們有很多工作在等著去完成，有很多義務不得推辭，似乎沒有失去過什麼，但曾經得到的又無從躲藏。

還是關上心抑制住可能會跑出來的一些東西，社會背面是一些很零碎的組合，伸出手指不一定握得住什麼，可是我們還是有停下來休息的瞬間，點一支煙，沒幾分鐘，前半世的情緣就隨風散了；夜裡還是燈光璀靡，電話鈴急促如同呼吸，陽臺上小貓咪靜靜盯著我看，床單雪白如同膚色。

這樣的夜晚可能沒有什麼夢，商業社會講求形式、講求業績、講求效率，我們的一些情感如果放在物資前面有可能承受不起；能夠有時間上門交往的朋友實在很少，全忙著工作、忙著玩，忙著找自己的位置。

這一天感覺很累，幾個月以來沒有過的累，身體也累、心也累。照鏡子都會嚇倒自己，裡面那個自己，頭髮也亂了、眼神呆滯、一襲藍色睡衣還是昨夜的。我知道這樣不行，早晚變得自己也不喜歡；換了套衣服去美容院洗頭髮，爲我洗頭髮的女孩子只有十六歲，很喜歡說話，語調也不高；幾年前我也有與陌生人談話的興致，現在只是想聽，聽別人走路的聲音、聽玻璃外面誰在大聲講話。

這個暑假做了份兼職，在家爲一家公司做些文案。老闆電話打來時我的頭髮還沒有吹乾，只得很抱歉請他等等；老闆問大約要等多久？想想，對他說：「我回家後給您發短信聯繫時間好嗎？」爲我吹頭髮的男孩也很年輕，很多時候來這裡只是想坐坐，換一種環境，我似乎已經沒有能力如同他們一樣開開心心說話了，不知道是什麼讓自己改變這樣快。好像有誰出了本新書叫《不想長大》，大概長大了煩惱也就變多。

這個暑假還做了一件傻事，我也不希望這樣，可是又似乎無力反抗。我時常翻越杜鵑山去草原，騎馬、唱歌、喝青稞酒，那些日子可以縱情歡樂，在那裡的朋友沒有誰認爲我任性，沒有誰認爲喜歡一個人是一件錯誤的事，我被草原嬌慣得不會隱藏，因此暑假裡面我開始像沙子一樣讓自己陷進去。我喜歡上一位男士，他的心讓我感到很久違的溫柔，好幾年了，沒有人這樣感受我的感受。

說不清楚什麼時候就多了些面面相覷，眼神可以說明的就不用言語表達，金錢可以表示的就不用那麼多感情，粉碎掉初戀，湮滅一場場風花雪月，眞的東西在時尚裡變得模糊迷離。開始擔心握不住什麼時就讓自己工作、多做一些。

回到家給老闆發封短信，近期他的業務在國際展上風頭甚勁，我爲他做的一些工作要隨之有些變動，請示他看看近期我該做的事，還有那些需要增添。他很忙，所以電話要遷就他的時間。他的電話打到我的座機上，接著我一隻手握住鋼筆，老闆很優秀使得我只能不停努力。

忙完老闆的指示已是淩晨時分，多美妙的時間，不是被人愛就是愛著人。

我起身倒杯水繼續回到電腦前，屋子裡面沒有睡意只是一些窗戶縫隙裡被風吹進來有關夏季的記憶。這個夏天我們關注壞女孩、關注仿效阿諾施瓦辛格的三級女星，我也看一些「晚娘」、看「美國派」、看杜拉的「情人」，如果到老我都能夠愛一個人的話，我會像很久以前那樣不隱瞞、會像如今這樣說給他聽。

不記得了，昨天晚上對他寫了什麼，只是很心疼的感覺，每一個字按下去都心疼。在家裡面工作時間長了就容易忘掉一些外界感觸，每天對著電腦翻看有什麼新聞，自己與市場的聯繫通過電子郵件、通過銀行通兌卡，似乎就是我的全部日子了，所以有時會犯些傻氣以爲別人與我一樣需要某些東西維持精力，例如我需要去愛一個人。

充滿掙扎與沈淪的地方就會有膽怯心虛，就會有需要誰來陪陪我走一段路的想法。我一直想說的話積蓄在一個自己也不清楚的地方，直到他說「不知爲什麼總感覺有些與妳心靈相通」。我被愣住是因爲這也是我要說的；也許那些積蓄是要寄往他的戶頭，可是什麼時候會乾涸我也不知道，所以很疼很痛。

今天如同很多以往，我還是要工作還是要想，沒有辦法讓自己冷漠到騙自己。

又是一個凌晨，他在幹什麼？會不會分一點點心出來想想我？他睡在誰的身旁？屋頂上面什麼也沒有，除了飄忽過去的夢。

我的愛人是機器，我對它說、對它寫、對它發火；能夠克制的我就克制，極度壓抑會讓人搞不定自己，吃一些維生素，在網站看見別人的婚禮會覺得滑稽，小孩子都喜歡玩什麼？成人呢？他們的遊戲是不表態還是躲避。

我不知道他在想什麼，不知道他怎麼看我，我想這一陣子痛過去就好了。

又開始想念杜鵑山、想念草原、想念那些騎馬的日子，五色巾幡下面我梳著兩條長辮，白白的氈厚厚的靴子，白水河一直流過九寨溝，野桃花灼灼開遍。

愛一個人的時候我感到自己的心變成精靈，亦正亦邪；希望我可以這樣遠遠看他、遠遠感受，希望他可以不要隱瞞，生命多短暫，下一世也許就是下一個呼吸，也許就沒有了。

熟男魅力

金領男士多了些對生活內涵的理解，
更值得等待與用心理解，
時間不就是用來感受這份生命上的成熟！

開始感到對待日子不能夠像一次馬虎的上妝，可以選擇 CD 也可以選擇通俗一些的牌子，最後還是一種品質心裡占了上風，知道自己眞正想要的是什麼，所以 GiGi 選擇爲眞正優秀的男士工作，也希望在工作中得到快樂，得到好的收穫，可以多一些掌握自己生活的財務自由度。

近幾個月陳先生是 GiGi 的老闆，GiGi 喜歡他的成熟，這個是一般男孩子身上不可能具有的特質。他包含艱辛、努力、智慧，以及成功。

梁先生的公司在上海浦東，他是做藏畫軟體的，八月上海國際動漫展上，6.55藏畫軟體引起了不小轟動；電話裡面他的聲帶明顯是休息不足帶來的嘶啞，也許這也是很多做老闆的通病。

上海給 GiGi 的感覺不是浮華過度的十里洋場，它是機會，是足夠的謀略與膽識。一座現代前端都市，充斥緊張到心跳的競爭氣氛，普通男孩根本不會理會到前端都市所代表的眞正內涵。他們看前端就是時尙，就是上島咖啡，就是高尚辦公室的設備。

但是對於一些金領男人，他們眼中的上海是一座一流江山，它當屬一流人物。個人與物質的平衡點完全可以由自我掌控，很多看上去不可能的事物只要轉手就會變成可以，這就是同樣市場的不同智力，征服市場的過程本身就是征服自我的過程，征服帶來快感。

時常喜歡呆在家裡寫字，GiGi 與市場的聯繫通過 E-mail、通過銀行金融卡；男士給 GiGi 的概念已經從少女時代的形體轉爲實力與智力，透過這點去看成熟的男士更容易相處些，也許因爲自己在感情上遇到過波折，而今對於青澀一點的男士會本能退避三舍；時間是用來感受生命可能展現的美好，實在沒有必要花費在陪著某人、要去等待他成熟這樣的過程上，再者，她有自己的工作目標，有預定的下一期的旅遊城市。

秋天的地鐵是冰冷的，隔著陌生飄忽些塵埃，理智被埋藏在上次印上唇的吻，跳躍都市沒有靜下來感受情人冰冷脈搏，二十四小時的慾望、二十四小時的歌舞場，拂不去的就沈默，別再加快心跳，除了工作房間裡留著身體的感覺可以在指尖以下，眼看不到什麼浮上岸糾纏深埋。不理會某些夜晚從窗隙間過來的，GiGi 仍然希望自己全力地爲自己工作。

她是 SOHO 族，有很多時間與工作空間可以自己安排，最初與梁鋼接觸是看見他在一家大型網站的招募廣告。他招募的是兼職文案，要求應聘者要有文案方面的工作經驗；GiGi 不熟悉他的 DigiBook 藏畫軟體，可她貪新鮮，根據他提供的電郵發去一封應聘 E-mail，附件是一部近期的短篇小說；同樣是文字整合工作，GiGi 相信自己沒有問題。

梁先生曾在日本生活了八年，而他在那個寄給他應聘附件的短篇裡恰巧是將自己寫成與日本特工周旋的中國特工，他選中 GiGi 可能與此有關吧，可能覺得這樣挺有意思，一個時尚女人，寫出來的是有關手槍、有關中日方面的文字，這是後來GiGi通過慢慢瞭解理會到的。當然首先不能排除她本身的工作能力。時常電視中可以看到某些老闆先看人然後再定工作；這些對於梁鋼這一類的老闆是沒有的事，他們的理性絕對占據思想上方。

梁鋼一百七十公分，高學歷、高智商，體態適中，一幅無框眼鏡、衣冠楚楚、舉止有節，注重工作質量、注重生活品質，懂得怎樣感受與把握市場動態脈搏，從而推動事業高峰。

說來有意思，與GiGi接觸過的白領男士相比，金領則更多了些對生活內涵的理解，正如城市在他們視覺裡，已經是過渡到用來展現才智的江山，世界變化很快嗎？他們可以在西餐廳裡笑談財經，不是有一點波動就失色。他們喜歡家庭，喜歡保護家人的感覺，市場背後的他們有如可愛的大象一般，溫柔看護自己的愛侶，並且提供給自己家人自己眼中最好的生活方式。這些是已婚的金領男人。

未婚的金領顧著忙事業，對於愛情他們懷有淡淡憂傷，並不如所有男士希望的那樣，感情與事業可以兼顧，事實上很多時候，未婚金領男士在尋找意中人方面明顯弱於白領男士，不是他們缺乏吸引力，恰恰相反，正因爲他們的社會地位與自身財經指數更加會引來群群尖叫的蝴蝶。

如果他們喜歡追逐，而又沒有適當對女人心態的覺察能力，也許會讓自己在某些方面力不從心；已婚的金領男人會因爲自身事業與家庭的必要兼顧，而無力分出更多的心思對待情人青睞、未婚的金領男人相比下有多些的時間放在感情上，可是在他們看來與其未婚時段追逐女人不如追逐世界，遲早有一天會有一位適合的女士等待在某個如曼哈頓情調的咖啡館門前。

白領男士在感情上的經歷與結果一般來說會多於金領男人，但是在更多智慧與理性皆備的女人看來，她們會認爲金領男人更值得等待與用心理解。原因只是因爲「成熟」，這一類的女人喜歡成熟的感覺，欣賞成熟味道由內至外散發的男士。

成熟不是模仿來的，它是生活經歷過後的智慧增長與人生總結。

梁先生就給 GiGi 這樣的感覺。梁鋼是上海戶籍，出生在內蒙古呼倫貝爾草原，與同爲六〇年代出生的那批上海男性相比，他更多了些敢於闖蕩的勇氣。他的父親是地質勘探人員，隨同父親工作，他在新疆吉昌度過幼稚園時光，在甘肅接受小學教育，初、高中回到上海課堂。十八歲那年他考入北京郵電大學，畢業後在上海電信局做了五年工程師。這個職位讓他日益預感到通訊力量可能涉及方方面面的未來，而後，他隻身帶了五千日圓東渡到達日本。

這些經過是一天晚上他對 GiGi 娓娓道來的，聽上去他的聲音不高、很沈著，一如他的辦事作風：「我去日本之前根本不懂日語，之後半年內一面打工、一面學習語言，從早上五點一直到深夜十一點，通常一天需要做四份工作才能維持學習與生活，當然這不能耽誤上課，半年後掌握了日語，之後考入了日本橫濱國立大學大學院攻讀工科碩士。」

窗戶外夏季留出的熱度不緊不慢沁近心房，手臂輕靠在牆角，上方是梵谷的「房間」，梁鋼繼續在說，GiGi 依然側耳傾聽。

一九九二年我畢業之後，進了日本富士通株式會社，最初做的是編寫程式。很多人認爲富士通的工作非常緊張等等，我的感覺正好相反，與沒日沒夜打工、上學那段日子相比富士通就像天堂，這裡有一流設備可以進行工作，同時你也能夠很快接收到世界最先進的軟體資訊等等，公司裡面還有圖書館可以隨意閱讀。上班後我用第一個月的工資買了第一輛車，在日本考駕照很難，沒有任何人遷就留學生，他們的理由非常簡單：如果對你要求不嚴格，那麼你壓死的就會是日本人。

有了駕照的感覺很爽，可以到處跑，可以更廣泛接觸日本社會各個層面、更貼切知道喜怒哀樂，我因此交了很多日本朋友，當然我更願意與中國來的留學生交朋友，有了一些積蓄之後，我沒有做當時很流行的買彩電寄回家那樣的事，我用這些積蓄前後幫助了十多位中國留學生上日本大學，我對他們嚴格要求，不許只打工不學習，錢借給他們就是讓他們去讀書的，只要能讀出來，進入正式社會，錢照樣能掙回來的。要想留學有所得就特別不能受到金錢誘惑，有個女孩子，別人十個小時掙的錢，她可以十分鐘就掙來，這個當然得看你自己的自制能力。

在日本八年時間沒有回過一次上海，我的流動資金成了幫助別人的費用，幾個人把錢還來之後我再用來借給其他留學生，這樣子，一筆錢可以用得很有意義。每到週末我就會帶些國內去的朋友到我在日本的家裡面玩，我還開車帶大家去美術館、博物館，幾年下來很多日本朋友感歎我對日本的瞭解超出了大多數日本人對日本的瞭解。

當時在富士通從事光通信系統的開發，以後的三年多時間，我一個人幹了一個日本人十二年才能幹完的工作，正因為如此，富士通破例從數百名外籍員工中挑中我一人去夏威夷 JAIMS 學院學習 EMBA 課程，並且極力挽留我加入日本國籍。日本方面雖然很好，但我不可能因此入日本籍，雖然我婉拒了，但是至今我們仍然保有非常良好的合作，這種合作是長期的國際間攜手。

我在日本有每天讀報的習慣，每日一張，我從報紙上看到中國的未來，一九九六年，我決定回國！當時很多人不能理解，認為我在日本做得非常有前途，似乎放棄了很可惜，可當時我感覺到不能夠失去回國創業的大好機會，這種感覺是很理性的。回國前我與一位日本夥伴池田、一位美國夥伴 DONALD 已經開創了藏畫軟體市場，公司開始擁有超過百萬美元的利潤。可國內日益成熟的投資創業環境更加吸引我，現在的國內以及亞洲市場上藏畫軟體的前途更加證明了當初我的決定沒有錯。」

梁鋼講話習慣用連接詞「那麼」，眞有意思，偶爾高興時還說「哇？」；他不守舊，只是知道如何把持自己的一切。今年八月的國際動漫展，他說自己忙得「不食煙火」。GiG i 請他多喝些水注意休息，他笑笑：「還沒有那麼脆弱呢」。他傳給 GiGi 一些動漫展的現場圖片，萬頭攢動，熱鬧非凡，不止國內出版界很多商家與他談到平臺合作、新加坡、臺灣的，諸如游素蘭漫畫等也拿出精品要求合作……，他說當然公司要挑選很合適的客戶，不只因爲利潤，更多的要看出版物的品質，只有合乎讀者美感視覺的出版物我們才願意合作。

事業上了軌道，老總才能有如此的眼界看待市場。梁鋼是 GiGi 熟悉的金領男人，與他合作爲他工作的時間也可以讓 GiGi 增長不少見識。

GiGi 做事有自己的原則，職場第一忌：不能與自己的老闆發生感情糾葛。事實上也不可能，她喜歡很自在的生活，害怕每一日朝九晚五；梁鋼對工作沒有馬虎習慣，當然對 GiGi 的這份在家工作也有相應要求，GiGi 會打電話請示一些問題，他也會聯繫 GiGi 告訴她有哪些事該怎樣做更好；工作方面 GiGi 的性格很坦直，她告訴梁鋼，自己喜歡跟著他工作，喜歡跟著優秀金領男士領會最佳的工作經驗。梁鋼對 GiGi 很好，工作安排上也很體貼，也許是他明瞭 GiGi 對他的一份信任一份欣賞。

時間溜走，不會給誰特別的喘息機會，GiGi 對男士的感覺猶如時光；成熟需要磨練，充滿感性與理智的成熟男士味道，在梁鋼身上，GiGi 想，自己是體會到了。

雲端之上

情感可以擋住一個人的視線，
也可以成全一個人可能達到更好的高度。

在淩的書房我們交談了一個下午，綠綠的大芭蕉葉充盈整個房間，生機勃勃，大布墊子放在靠牆的沙發前，淩赤著腳，頭髮長長的有幾絲淩亂，看上去眉清目秀，說起話來一激動語速就會加快，回憶故事那眼神不像是在說自身，而是說對面鏡子裡那個叫淩的女人。

「我認識她並且認爲她可以很好地把握自己生活，這之間經歷了漫長的七年。

在空軍指揮學院度過的那個暑假無疑是最值得回憶的，從各個方面來說都是如此，情感、慾望……還有面對一個活生生地男性的熟悉過程。

那些天的太陽似乎很熱，也沒有對自己感到失望，只是不太適應如此乾燥、陽光缺乏水分的高溫；我在這裡生活慣了，有山、有樹，飲用長江上游水。他倒無所謂，畢竟北京是自己甘願來的，更何況在北京住了四年，呼吸到男人們嚮往的政治空氣。」

淩外表看上去容易給人毫無主見的溫和內斂印象，實際上她知道自己在幹什麼。鄒呢，倒沒有什麼具體計劃，只是對遠景相當樂觀並且認為自己一手可以控制自身前程。

我沒有想到過要用什麼樣的筆調來描述這兩個人的故事，一切自己在軌道上發展。火車轟轟向前開，前方如果彎路很多也難免回到與起點相同的路途，可是我們沒有絲毫停滯的理由，哪怕下一步會面臨失敗。

淩說自己最初喜歡上鄒，是因為他上身雪白緊身的T恤。「那種吸引力是致命的。」她後來對自己解釋這樣選擇的原因。

「二十歲之前我沒有認真想過要喜歡誰，甚至沒有考慮過這一生要與誰共度……這些太遙遠不切實際。」她左手夾支細長香煙，緩緩笑道：「是否有些好笑？你不會知道當時我想幹什麼？」她說自己想遠遠避離千丈軟紅，最好住在雲端之上的山巔。

那個時候誰不好笑呢？我們當自己與生活上的很多不如意不太沾邊，但事實上一切多多少少會經歷些，或者我們總以爲生活不合自己胃口，幻想歲月只是弭散月亮氣息的一個大糕點；家庭環境不錯的她沒有想到自己會拿起筆來寫小說，成爲一個城市又一個城市間遊走的人文線。淩寫的人文類書稿儘管充滿智慧亮點，但更多出版商看好的多偏向於言情煽情類書刊。也有人欣賞她，說只是沒有想到這樣的女人能寫出那樣的文字。

「好笑嗎？」淩對我說：「現在我對異性的感覺比不上我對文字的感覺，遠遠比不上。」淩輕輕搖搖長髮，臉兒雪白清瘦。

「鄒呢？」我問她。

「鄒？他給了我一個矩陣。」淩說。

「矩陣？」

「是的，就像劃出一個圈告訴我不可以將情感或者情慾氾濫，」淩浮出一個淺淺笑靨：「不過我倒很受用，你見過鄒的，他可以在某方面讓我感到非常滿足。」

我看了她一眼，倒不覺得他像是充滿慾望感的女人。

「看上去我的確不像，可是人在某方面……的確不可以以貌取人。」她抖抖香煙，一縷青青的霧逶迤散開。

我問她：「鄒是個什麼樣的男性？」

凌想了想，先自己笑了，然後對我說：「那是波灣戰爭之後那一年，鄒在北京空軍指揮學院服軍役，他給我寄來很多照片，你猜照片中的他給我什麼樣的印象？」

我搖搖頭靜聽她分解。

凌說：「他如此英俊逼人，忽然間將我的慾望提升到這裡？」凌細長的手指指指自己喉嚨。

照片中的鄒我見過，那個時候的他足可以上演中國版的007或者陸小鳳之類美貌與智慧並重的角色。

淩繼續說：「鄒的身材也是一流棒，雙腿結實筆直、臀部渾圓，無論從哪個角度都很上鏡，讓人感到賞心悅目，更難得他身上沒有絲毫矯氣。你也看見了現在有些男人看上去與女人有什麼分別，就像那個F4？

鄒像愛國者導彈，他骨子裡透出來的正統形象充滿了對我這類女人致命的誘惑力，那些情感對準時竟然讓我無力逃避；也許當時因爲我非常年輕、非常需要情感撫慰。這是人生的一個階段，我走過時並不覺得有什麼不對，到後來一年年的我才知道表達情感能夠有更多的方式。有些時候被慾望蒙住理智並不是藉口，我需要的也許正是更多的可以表達情感的方式。

少女時代對情的理解太狹隘，認爲只是血統或者夫妻，當自己眞正開始對這一類男生專注時才發覺，情感可以擋住一個人的視線，也可以成全一個人可能達到更好的高度，包括人生境界。」

凌看看一屋子書籍：「這些裡面充斥智慧表達。」

我發現她偏好於經典讀物。

「是的。」她說：「我並不認爲流行讀物能夠讓人開闢鴻蒙，除非作者是遊戲人間的大智者。」

凌的生活充滿書香味，但是她對我說：「不全是這樣，如果不從痛苦中得到智慧，成長就會很慢很慢。」她輕輕掐滅煙蒂。

「凌，從你的臉上看不到什麼痛苦的影子。」我對她說。

「那你看到什麼？」她問我。

「有認眞、專注，也有自由。」她在精神上是這樣的。

「是嗎？這是二十四歲之後慢慢積聚的。」凌說：「鄒寫給我的第一封情書是用淺藍的紙，字很不錯，他這樣寫『我希望能夠娶你！』

「第一封情書就這樣，很直接的哦！」我笑道。

淩說：「雖然我與鄒是中學同學，但整個中學期間我們沒有說過十句以上的話。那個時期鄒與一幫發育快的同學自然地被全班分爲一類，另一類就是像我這樣發育相對較晚，而且當時對異性早戀沒有什麼興趣的。」

淩起身爲我倒一杯檸檬水，我才發覺她喝水的杯子是個細瓷杯，上面有毛主席語錄、延安寶塔山，應該是文革產物。眞是個聰明剔透的女人，她立即就知道我在想什麼。

繞繞發絲，她說：「我是一九七三年出生的，現代很多刊物包括出版社紛紛看好這個年代的人物，有什麼分別嗎，年代不過是一根線條，想不想出位還得看自己的慾望。我有宿命感也相信慾望是人的根本，決定與鄒談戀愛也是因爲那個時期自己的慾望。

我對男人沒有分類感，似乎覺得哪一類都與自己無關。但是鄒不同，他第一次上門來找我，我就知道自己想從他身上得到很多，當然不是物質方面，物質並不能成就一個人。」

「這麼說你是在那個時候愛上鄒的？」我問她。

「也不是。愛是深入骨髓的，我不會那樣容易地愛上誰。」淩笑笑，補充一句：「儘管我很普通。」

「普通人更有愛的權利，要不然活著還有多大希望？」說完後我覺得這話有些灰色。

淩聽了倒點點頭表示同感：「我在空軍指揮學院度過了整整一個月，眞是個浪漫假期。」

淩一身淡衫坐在布墊子上頭微微向後仰輕輕靠在沙發邊緣，外面的陽光過來正好將她的側影凝成下午的美人蕉，她有這樣的氣質。

「白天我們去四處觀光拍照或者就待在教保隊階梯教室那幢小樓裡休息。鄒是班長，管理階梯教室以及軍事影片放映等等，樓裡的另外兩個士兵將地方讓給我們兩人。晚上聽北京音樂台與鄒瘋狂纏綿，簾子外面細雨淅瀝瀝地下，每天清晨風很溫柔的吹過我們的皮膚，鄒身上每一吋都這樣散發，散發他與生具來的男性魅力。」

凌說著，做了個手勢，十指合成的形狀像是印度教中表達情愛的手印符號。我能想得到當時兩位年輕愛侶之濃情怎樣留在空軍指揮學院那種充斥政治、策略、鋼管以及文件氣味的地方。

「階梯教室有好大一塊幕布，鄒在樓上放映一些關於美國西點大兵的記錄片給我看，鄒是那樣迷戀有關男人與戰爭的情節，甚至他認爲男人生來就應該是不斷在戰鬥的過程，有時候我想自己的身體對鄒來說可能比不上越南叢林裡任何一發普通子彈。

他從小接受的教育也很正統，我去北京之前的幾個月，空軍特警挑選隊員看上各個方面都很不錯的鄒，後來他沒去，我知道這跟我有關，可是如果換成是我，我會考慮要不要過一種與以前截然不同的生活。

鄒很有淩雲壯志而且在空軍部隊四年的表現相當不錯，曾被評選爲優秀團員、優秀班長，演講比賽一等獎捧回的獎品是一匹唐三彩馬，這期間他申請入了黨……軍事過硬，政治過硬。」

我笑道：「愛國者。」

淩笑笑，端過杯子喝些水：「我的父親在西藏做過十六年軍醫，我的母親是退休教師，他們比我更看好鄒。」

前方茶几上放了些鄒的照片，是淩特意爲我來訪準備的，照片上的鄒大沿帽、一身空軍制服，五官俊朗眼神明亮。

淩說：「當時，隔十公尺遠我就能夠感受到他傳遞給我的氣息，有些像薄荷淡淡爽爽，又像初夏夜裡的百合。

去北京那次來回都是乘坐火車，你知道的，那種感覺有些寂寞、有些渴望。回來的火車上我揣了滿懷鄒留給我的痕跡，肌膚上面摸得到鄒的影子，我們在教保隊的長椅上、在鄒那間寬寬的學習室，還有與鄒夜裡漫步，我當時整個人整個身心全部被鄒完完全全吸引住，我相信沒有任何人能夠給予我鄒給予我的激情。」

我與淩談著話，更多的是在聽她講，這是個至情至性完全顯露的傍晚。

鄒下班回來了，我面前的這個鄒與照片中的鄒有很大分別。淩說：「從空軍退役之後到現在七年了，他在思想上也經歷了重返人間的過程。」

我問淩：「爲什麼說『重返人間』，鄒一直很踏實的。」

鄒將道帶買回的水果洗淨切好，裝在透瑩的盤子裡放於我們面前，再爲我們添滿杯中飲料。很明顯能看出鄒發福了，好在個子夠高還不顯得臃腫，只是眉宇之間沒有了昔日俊氣殺人的風采，看上去更像普普通通的工作人員。

鄒說：「不影響你們談話，我去看新聞。」

我問淩：「這七年裡經歷了什麼？」

淩說：「所有普通夫妻能夠遇到的，缺錢、工作環境、兩個人在感情上的磨合期等等。」

我們不是很有錢，剛結婚那會兒甚至可以用貧窮來形容。鄒退役後分在建委下屬鄉鎮村管所工作，他們的工資並不象其他人那樣按月發放，差不多是半年發一次，一次就是六個月的。對一個沒有積蓄的新生家庭這相當不好安排。

這些困難最初出現在物質上，後來逐漸地在他思想方面也出現困難。

部隊的生活與地方生活環境對人的思想影響有很大一部分差異；鄒的思想、他對事物複雜程度的分解能力，明顯的有一些不合時宜。鄒認爲很多事物都可以擺放在桌面上來講，而且他運用事物就這一條規律……」

凌說著拿過煙盒抽出一支點上，緩緩吸過兩口，然後再接著對我講：「這些只是碰撞初期，出現在我們新婚日子的一些就夠我受了。我婚前一直與父母住在一起，他們對我的管理寬鬆融洽，我也不是喜歡喧囂的性情。」

我對凌說：「通常這樣的女孩內在情感更會豐富些。」

「是嗎？」凌說：「那些時候我就喜歡看看書、散散步，我沒有想到兩個人一旦眞正開始煙火日子，會產生那麼多矛盾，而且似乎一直就沒有間斷過。」

鄒在部隊四年，這四年裡我們只有加在一起的近三個月的時間面對面，也許正是因爲時間在這之間顯得短暫寶貴，所以我們給予對方的只是熱情的一面。分開的日子就靠書信，好像我一直都比較喜歡寫，給鄒的信有段時間幾乎是每天一封，可是鄒給我的大約在十天左右一封，這個數字對別人怎樣我不知道，但對我它太少了。當時我處在十八到二十二歲之間，很多這個年齡的女孩子都有男朋友陪伴，我感到很孤獨，每一個週末、每一個夜晚都這樣。」

「你應該有一些女友在一起玩玩散散心。」我對淩說，看上去她很溫和容易相處。

「我的朋友就是上班的同事，下了班我們聯絡不多，這可能是心情、愛好方面的因素，我喜歡下班後待在家裡，那些年輕女孩子喜歡唱唱歌、跳跳舞什麼的，也不知爲什麼自己對此提不起興趣。

其實這樣也不太好，容易形成過於內斂的習慣，有了什麼事不太願意拿出來講不太願意發洩出來，這會影響溝通；鄒與我在溝通上就有摩擦，他問我在這四年裡除他之外我還有沒有別的男朋友。我覺得無聊又好笑，就不予回答。」

我插了一句說：「這樣會更加大摩擦。」

凌臉上浮出一絲苦笑，似乎那段時間他過得相當苦澀，凌說：「是的，我愈是不想理會這些問題，鄒就愈加追問。我回答說沒有，他也不相信，那拿我就不知怎麼說了，來了個乾脆不搭理，沒想到這帶來更壞的後果。

鄒的性情在外人看來有些大大咧咧的直爽，但是我知道他不是這樣的，他心細如髮，對我還充滿疑惑。他不相信我會獨自一人守住他一份感情，在我懷孕後他懷疑孩子不是他的。有時候就一直問我，不管我心裡對此有多厭煩。我不理會他，他就會喝酒，青筋外冒問我到底是誰的孩子？

然後掀翻茶几打碎杯子。直到我不堪忍受，那天晚上我挺著肚子翻到窗臺外面，夜很黑，我不想這樣活得痛苦，只要跳下去一切就解脫了。

窗簾被風輕輕吹，站在三樓窗臺外面，下面是水泥地面，我一直在哭。鄒回來後見我沒在家，我在窗臺外面聽見他在罵我跑到什麼地方去見什麼人去了，當時更忍不住就哭出聲來，鄒聽見了，在臥室窗臺外面發現了我，然後他才開始緊張。我不知道他緊張的是誰，肚子裡的孩子還是我自己？

後來的幾個月，我不再有自殺的傻念頭，至少我要等到孩子生下來。但是這件事之後，鄒並沒有放過我，一直有空就會追問我『你爲什麼想死，是不是怕將來孩子生下來不像我，我會找你算帳？』他當時的模樣勝過我夢裡的惡魔，手指著我一字一句地說：『告訴你！如果孩子不是我的，我會讓你們全家一個一個死無葬身之地。』

凌說著，眼淚無聲嘩嘩流下，我將紙巾遞給她。

一兩分種後，淩說：「好了，那段日子再難挨，我也過來了。」

我對她說：「當時妳懷孕，他怎麼能這樣對妳？太離譜了吧。」

淩搖搖頭：「我就當是自己欠他的，一點一點地還就會有還完的一天。

孩子生下來之後長得很像他，但是他仍然有疑心說要帶孩子去做親子鑑定。我沒有理會隨他去說，當時我一個人的工資要養一個家，他卻有這份閒心。」

我問淩：「鄒在工作方面是不是很不順心？」

淩說：「剛開始我很同情他，認爲他是在工作方面受人擠壓。後來想想也不能怪別人，還是在自己身上找原因比較好。畢竟不能要求每一個人來適應你，在世上生存就得和光同塵，他與自己的老婆都不能很好相處，還能期望他在更複雜的環境裡面怎麼樣。

不錯，他在工作方面是很努力，也捨得吃苦，可就是不順利。這裡面有很多原因，但是很多很多的人都會遇到這種情形，與其讓自己紊亂不如讓自己利用業餘時間多抓緊時間學習，學些有用的東西，任何處境都能夠養活自己、養活孩子。

當時我在小縣城上班，他最初在鄉鎮，我們雙方父母共同努力跑調動，四處找人幫忙，最後他被借調上來，那個時候孩子剛剛三個月大。鄒接下來的幾個月還好，每個月準時將工資拿到手了，幾個月之後，鄒被調到另一個科室工作，這期間他開始與一幫年輕同事每天晚上玩紙牌，很晚很晚才回家，工資又開始不拿回來。

白天我上班，孩子交給鄒的母親帶著，我下班後就自己帶，晚上孩子跟著我睡覺，我感到很累。他回來晚了我問一句就會遭到辱罵。」

我對淩說：「想不到他的變化會這麼大。」

淩笑了一下，說：「也是婚前瞭解不夠，要不然我們兩個人都會好過一些。」

「沒有想過離婚？」我問她。

淩說：「只想死。」

淩又開始無聲掉淚不能說話。

她是很儒雅的女子，鄒看上去倒很隨和，如果她不主動說，沒有人會從淩的臉上看到這麼多的坎坷。

「孩子漸漸長大，就在鄒借調回來上班大約二年後，各事業機關開始了人事制度改革，鄒又回到鄉鎮，每天騎兩個小時電動輕騎往返上班與歸家之間。

調動不好辦，我們也沒有這份閒錢，再加之我對他的感情經歷幾年風風雨雨，心也死了，與其等待他奮鬥倒不如自己開始奮鬥。」淩說。

這是她今天下午的第五支香煙，淩眉宇間沒有多少哀怨，反而平靜深遠：「我何必埋怨他不會養家，不如承認自己沒有盡力。我吃的這些苦也許是要讓我明白一些道理。這些年潛心所學厚積薄噴倒很有用，也因此認識了一些很好的朋友，他們在思想上、學術上對我的啓發很大。

我的思想精力開始投入到寫作中，感到如魚游水；現在我還做一部分義工，爲 ICI 國際文教基金會將一些繁體古籍翻寫成簡體，爲一個網站做些文案，所得用來幫助一些失學兒童。」

我問淩：「鄒呢？他怎麼看待自己的工作與你的工作？」

淩說：「我對他的要求一直都不高，他能養活自己並且能爲孩子的教育有一些積蓄就行，我們兩個人都是願意努力工作的，只要肯努力明天就會有希望。他的工作環境一直都不大好，但鄒對待工作很認眞踏實。

他借調回小縣城那些日子，在城市監察隊工作，每天就是與同事們一起在縣城菜市場、水果市場、各街道之間來回巡看，有沒有違章擺攤的、缺斤少兩的、門前三包等等，總之看上去很瑣碎。這些工作與鄒最初退役回來想大幹一場的理想之間有非常現實的差距。

做的工作不是自己願意的，自己又沒有積蓄可以轉行，鄒還是做了下來，別無選擇。他對小攤販的態度很好又肯講道理，也能堅持紀律原則，所以至今有些認識他的小攤販對我的態度也很好，總之是由衷讚歎他不擺一點點架子，肯將他們當作平等地位對待，鄒說：「人活著都不容易，自己沒有任何理由瞧不起人，他最能體會受人排擠的心境。」

窗外一絲幻想

他們的肉體彼此熟悉，可靈魂隔著，
她知道他愛自己，
但她在成長心智，他在成長年齡。

她喜歡看勞倫斯．山德士《第一死罪》到《第四死罪》，正如這個老頭所寫，世界充滿掙扎與沈淪。

很平靜的夜，水管滴滴不禁，在感到壓迫、感到喘不過氣的時候，她就需要用肉體戰勝情感，需要幾千倍的慾望因素燒乾淨頭髮，燒乾淨對窗子外面的一絲幻想。

很靜，足可以讓心放開享受，畢博躺在她旁邊，長腿寬肩的大男孩，他是軍事題材發燒迷，說激動了就翻到她身上一個勁兒地猛抽，她喜歡他讓自己體會到窒息，慾望離開死亡的距離也就在一個呼吸之間。

畢博說：「小篷，過兩年我完成了學業，我們就結婚。」

「我不想結婚，還太早。」她在下面對畢博說，雙手十指輕輕攤在床單上，她不喜歡抱住他。

可是，他還是祈求我：「小篷，抱住我，抱緊我！」他使勁地壓榨她的情慾。

「我不行了，要被你弄死了。」小篷輕輕歎口氣，他滴下的汗水沾到她的臉上、順著流至她的脖子。

「小篷，快抱緊我，不然我沒有安全感，快一點！」畢博咬住她的耳垂，將她的雙腿高高舉起，每一次他出現這類喘息聲，她就知道他快要結束了，可是她還沒有開始。

「放下我，我感到不舒服了。」她扭動腰部，真的是這個姿勢讓她難受。

畢博當然不會理會此刻她的感受，她的腳掌心被他的鬍鬚來回磨，最後，她的指尖剛剛觸到，畢博卻輕輕放下她的雙腿，去了浴室沖澡。

鏡子對著床，梳粧檯上齊齊放了一疊書，礦泉水放在床頭，她還躺在床單上，畢博起身的時候就壓根沒有想到應該給她的身子蓋上，免得她夜裡著涼。

喜歡厚厚的被子，窩在裡面就像是在溫暖雞窩，伸手抓過被畢博用腿揮到旁邊的藍色被子一角搭在身上，感到溫暖一些了。畢博沖完澡腰間圍著浴巾，走至床邊，對她笑笑。

「小篷，去洗個澡，然後我們出去吃東西，我餓了，你呢？」他坐到床頭伸一隻手從頸子後面加把勁托起她。

她坐起來，這是初夏，北京音樂台放了些輕柔的流行樂。畢博在北京讀研究所，自小他們就是同窗，直到她高三畢業那年暑假，高中跳過級的畢博才第一次到小縣城，這回到她的家來。她高三，他已經讀大一。

那是個暑假傍晚，她應聲開了門，看見個子高高、雙腿結實的老同學畢博，她笑笑：「你好！」

畢博站在門口就對她說：「我喜歡你。」

她的父母轉頭看著他，他倒是很大方，進到屋子裡，在她父母面前極有禮貌地說：「叔叔、阿姨，我希望你們同意我與小篷做朋友。」

這之前畢博只是給她寄過幾張明信片、幾封書信，雖然沒有一點涉及情愛，但是也夠溫馨的。

後來她問他：「小博子，你怎麼就那麼自信？」

畢博笑笑：「因爲我知道從初三開始，你就在偷窺我。」

她不肯承認：「胡說。」

畢博哈哈笑道：「小篷，因爲我自己從初三開始也在偷窺你。你就當成喜劇好了，在我沒有考上大學、你沒有畢業之前怎麼來找你？我希望自己能夠給你安全感。」

「安全感？除了自己努力，還有別人給的安全感嗎？」她問他。畢博說：「怎麼沒有！」

他還說：「外表看上去妳很柔弱，其實我知道妳不是這樣的。」與他同學了很多年，日子久了，彼此性情能夠有大致瞭解。

那個暑假，她知道自己考大學沒有什麼指望，除非免考數理化。雖然免不了有些傷心，但是過了就算了，日子還長，慢慢學。

當初儘管她沒能考上大學，他卻是小縣城優秀大男孩，不過她自己也沒有因此自卑過，她閱讀了很多洋溢智慧的讀物。高中畢業後，她找了一個活兒，在一位溫州商人開的服飾店做售貨員。這個活兒不重也不用多大的責任心，看見顧客上門就勤快點招呼、勤快點推銷。她喜歡過日子的每一天，喜歡太陽西斜時看見光透過玻璃照到店裡地板上的倒影。

畢博的父母最終沒能倔過兒子，他的父母很早就認得她，畢竟縣城很小，她的態度倒是很自然，畢竟是她與畢博兩個人的事。只要她能夠養活自己，就不會在乎別人怎麼看，其實大家也不怎麼在乎她與畢博的差別，可能因爲她是女孩子。

畢博瞭解她，他說她的心裡其實不安分、伸了好些爪子，必要的時候會像攀岩者緊緊吸附在壁上。可她聽這話裡面竟隱隱暗藏曲折艱難，彷彿不是什麼上簽。

畢博還在催促：「小篷，我很餓了，快點去洗澡，我們出去吃東西。」

去年她的父親終於退休了，母親拉著他回江南兩位姨媽家住些日子，這一住就快一年。畢博寒暑假回來，他們大多數相聚的時間就在她家裡，在她的床上。

可是她對結婚沒有興趣，她心裡最理想的男士應該是四十歲以上，溫柔體貼，還要有足夠的資金以體現他不俗的智慧與超凡的市場膽識。

隨著對自己閱歷，以及某些時間冒出來的所謂思考，她更加知道自己即使結婚也不可能與一位平庸丈夫產生什麼天長地久。畢博當然很不錯，有學識、有內涵，不過她也挺不錯的，否則，怎麼會讓優秀的他愛上自己。

有些時候慾望可以是單方面的事，但是愛情應該相關兩個人吧！畢博對她越深入，她就對他越來越沒有熱情。他們的肉體彼此熟悉，可靈魂隔著，她知道他愛自己，但是她在成長心智，他在成長年齡。

畢博，對不起，也許她不應該這樣說一位亡人，但是現在他看得見她的心，他就會知道她是真心的，而她對他的隔閡也是真的。

這個世界，她要什麼？

這個世界，需要她什麼？

畢博說：「我現在需要喝兩瓶冰啤，吃一些烤得外脆裡嫩的排骨。」

等她洗完澡換上裙裝，穿好一雙白色軟皮鞋。她拿了皮包從臥室往外走，正準備關掉臥室的燈，他忽然說：「等一下，小篷，站在那裡別動！」

她問他幹什麼。他不答話隨手將已經打開的房門又關上，而且很快地向她走來：「我看見燈光在你後面，透出來，小篷……讓我再看看。」他拉著她的手從頭髮開始一直看到她的鞋子。看得她只想吻他，畢博的五官很耐看，舌頭上面有淡淡爽爽的煙草香，她將他拉近些，拉他到凳子上坐著。她坐在他身上，一面吻他、一面輕輕撩起長裙，一隻手摸索打開他的褲鏈掏出他的手槍，握在手心很溫暖，他端起她的身子放在上面，就像有一條魚兒游走在水草間，看水波蕩漾、看月缺月圓，手指尖一直在冒點點，身體還來不及喧囂而出的句子，他終於說：「小篷，我要完了。」

小縣城的燒烤差不多集中在廣場上，喝酒的人一直會陸續來，什麼樣的人都有，公務員、小姐、麻將鋪老闆、修鞋爲生開朗有錢的瘸子，還有他們這樣的戀人。

凌晨一點，燒烤夜市正是旺時。他們點了二十串排骨、二十串豬肉串、二十串牛肉串，還有幾串烤青椒，不是狠辣那種青椒，反而辣中帶些甜。

烤好的肉串陸續端上來，他們都吃得很香，前面發生什麼騷亂也沒能讓他們有說話的空閒，兩個人都需要補充血肉飲食。

一個啤酒瓶忽地扔過來砸在他旁邊相隔一個的座位上，還好那裡沒人坐。可是他們還沒來得及迅速躲離開，又一個啤酒瓶黑咚咚飛過來，猛地炸開在畢博頭上！畢博睜大眼從座位上直倒在地。

這邊的老闆娘咋呼：「打死人了！打死人了！」那邊的騷亂停滯了，

人群湧到他們座位來。

她坐在小博子對面，看著他倒下去伸手沒夠著扶住他，看見他的腦袋挨著地面，然後血開始流到地上。

老闆娘拉著她的手對人群驚叫：「快些送醫院！快些報警！快些打電話！」

醫院在五十公尺外，她後來記得是有五、六個人幫著她抬人、在醫院夜間緊急門診間吆喝，最後畢博被送進急救室。她的衣服上面沒有多少血，東北男人幫著她抬，大聲吆喝叫醫生，沒讓她有插手的機會，只是她的手指尖上有血痕，後來發現那是她自己的傷，不知是怎麼來的。

大夥兒都散去了，畢博的父母接到她的電話十分鐘內跌跌撞撞趕到醫院，手術室的門還是沒開，又進去兩位老年醫生。

「完了！」畢博的媽媽一看是醫院權威，頓時感到恐怖到極點。畢博的爸爸問她：「這是怎麼回事？」

她也很想知道這是怎麼回事？畢博爲什麼會暴死，爲什麼他死了以後反而會讓她更加地想念他、更加地想要向他懺悔以前對他有過的輕視、對自己自以爲是的習性愧疚。

畢博，她在靜夜裡說：「我想去人很多的城市，那裡的慾望與罪惡更大，可以沖淡許多憂傷。」

網戀如絲

原本是不相信網戀的人，
無意間，用滑鼠點開一場連繫，
連線中漫談，
一顰一笑，早就在生命裡絲絲入扣，
成為無法回頭的夢。

嘯徽原本是未曾謀面的密友、決定這一輩子不見的，在網路世界交換彼此就足夠了；很多時候虛擬的逐漸塡上心情就不可能再對它視而不見，所以嘯徽問澤嶺：「你在北京嗎？」想了很久，還是回答了：「是。」他大澤嶺一些，澤嶺知道成熟的人不表態；所以她只是想靜靜坐在一個角落看看他的模樣就夠了。

電話約好了在三里屯「星期五」酒吧，眞的是有緣分，澤嶺曾經用一支鉛筆勾勒出臆想裡他的五官；他進來時，澤嶺很快認出那個就是自己畫出的心裡的嘯徽，沒錯的，他同樣很快認出了她。

一襲風衣、一種淺笑，兩面相向，竟然理解到骨子裡；可是很多存在他們不能忽視成沒有，單身情歌已經分屬於各自的情侶。坐了四個小時，細訴了四個小時，最後還是道聲：「別了，也許再見無期。」

回到自己公寓，屋子裡竟然空虛出奇，仿彿有什麼忘在嘯徽那裡了，怔怔地失落。

八月的上海國際行業展上，因爲工作的關係澤嶺接觸到一種全新的多媒體電子書刊，它可以將不同類型的媒體、高質量圖片、視頻、音頻以及文字進行完美地整合，外型酷似一本本裝幀精美、內容豐富的書籍。

澤嶺決定用這種方式將自己說給嘯徽聽，展現給嘯徽看；也許生活裡他們永遠只能在平行線上默默而視。

澤嶺找出自己各個時期的相片還有大量的數位影像，音樂背景挑選了恩雅的天籟之音，同時我去電話聯繫了產品技術支援部，希望送給嘯徽一本屬於自己的多媒體電子書，裡面的世界澤嶺是唯一的女王，有最動人的笑靨、最優雅的身影，還有款款說給嘯徽的話語。也許他們的網戀從一開始就注定結局只能在回憶裡面飄蕩成遊雲，用這樣一種獨特美麗的方式來紀念最好不過。

澤嶺的電子書很快用藏畫軟體完成，它的外型是一本精美的書籍，嘯徽只需要用滑鼠點開就可以看見小女孩的澤嶺、少女時期的澤嶺、大學校園的澤嶺、華山之巔的還有天涯海角的澤嶺；她的興趣、她的憂喜、她所思所疼，能夠用圖像、音樂，用自己的話語完全栩栩如生的說給他；嘯徽在電腦前就可以看見澤嶺怎麼樣在想他、怎麼樣希望他能夠逐漸忘記自己，只是將她當成深夜屋頂的夢；雖然有些心酸有些無奈，澤嶺想，也許只能這樣，畢竟兩個都沒有足夠勇氣去對各自的情侶說分手。

就如當初在網路認識嘯徽，澤嶺將自己的電子書同樣通過網路傳給嘯徽。

嘯徽瘦高的個子、眉目冷俊，他們是不相信網戀的人，結果到後來是如此陷在兩個人的連線裡，漫談中理解彼此的相似、彼此的點點滴滴，他們同樣不忍心在自己的生活中對情侶掀開底牌，人一世不能如意的事情畢竟很多；三里屯那次見面是第一次，也許也是最後一次，嘯徽在澤嶺的眼裡看見了很深的疼痛與不捨還有忍耐。

是的，人們從很早開始已經學會了忍耐。嘯徽更加沈默拉住澤嶺的手：「我能夠理解妳的苦衷，也請妳原諒我，我們只能將彼此記在這裡。」嘯徽輕輕捂住心口，在酒吧門口分開；次日澤嶺向公司遞了辭呈回到上海；他繼續在北京生活。除了電話號碼他們什麼都沒有留下。

兩個月後，寄給嘯徽電子書的第四天深夜，澤嶺的手機響了，號碼親切陌生，是嘯徽；原以爲兩個人是執意堅持了不肯再聽見對方的。

「我以爲我能夠做到將妳忘記，我以爲我是成熟的、可以不用說話，但看了妳的電子書，看見妳就這樣活色生香出現在我的電腦上，對我說話、對我淺笑、對我流淚，我看了四天，我愣了四天，我也想極力拒絕你的微笑，拒絕妳的模樣，到最後我知道妳已經在我生命某個地方絲絲入扣，似乎成了我能夠體會人世情感的一份子，雖然日子不能完全遷就妳我，但是，我願意勇敢去面對，妳呢？」

第五天黃昏，嘯徽按響了澤嶺的門鈴，屋子裡開始悄悄瀰漫一種叫做甜蜜的東西。

冬季猶有春天的點滴

幸福是一種心情、半種感受，
這最後一場愛戀，
即便不捨，只得裝作不在乎。

倬風，三十二歲的單身男人，似乎已經習慣孑然一身的自在。他是職業攝影師，做些廣告公司安排的工作，眞正能夠掌握的工作自由度並不大。他們這個圈子裡最有天分混得最好的是韓雷，三十八歲，一部分作品被拿到挪威奧斯陸國家當代美術館做展覽，韓雷高高的個子十分專注工作，前段時間公司派倬風去給韓雷做助手，主題創意是一種清醒慧黠的Vision女性。因爲工作接觸倬風認識了韓雷的年輕妻子，名字很中國化的曉芸。

幾年以前倬風談過一次戀愛，女孩子是剛畢業的藝術學院學生，可能是性格裡根深蒂固的習性，倬風漸漸適應不了她的鮮活，她也不能忍受倬風的低調，儘管如此他們還是相處一年之後才分手。就像走過去的風景，有一些無奈、有一些懷念。

攝影做到一定程度上會讓人發現一切只是在鏡頭裡不停的過去，上一刻永不會再來，下一刻永不會只是下一刻，不停流動才是日子。喜歡一個人也是這樣屬於某一個特定階段的，也許這個階段長一些，也許很短暫。

曉芸是南方人，皮膚白皙，不經意間美目盼兮，有些時間她會送湯來攝影棚也會隨他們去外景。韓雷運用的技巧與造型相當出色，但是面對妻子，倬風發現韓雷很多時間甚至當她是透明人。曉芸對此似乎很理解，倬風不知道她有沒有失落感，難得工作空餘，韓雷喜歡與一幫朋友去熱鬧的地方喝兩杯，他很出風頭；倬風是無意間發現曉芸有些落落寡歡，她會掩飾，只是不夠徹底；她不是那種活躍的女性，沒有去上班，也還沒有孩子。

日子怎麼樣打發？「待在家裡面的時間相對多些，我也喜歡攝影，很多時間在家裡看些相關書籍雜誌。」曉芸拿出一本攝影集遞到倬風手中，那天是在韓雷家中，好幾個朋友出去吃完飯後被韓雷載回來喝咖啡談天。

曉芸忙完後坐在倬風身旁另一張沙發上。

倬風翻看曉芸的攝影作品，這個年輕女人很有些想入非非的靈感，再看一眼她本人，他發現她很美，有一種讓自己慾望不停衝動的感性。

倬風的下巴上留著一圈小鬍鬚，看上去有些偏瘦、有些頹廢，但是曉芸說：「在某些午夜時分，她同樣對倬風充滿罪惡的慾望。」她笑起來有一絲脆弱特質，不像是擁有過多少浪漫。倒像倬風，願意在貼身的實質裡尋找自己。

慾望是生存壓抑的後果，掙扎或者沈淪。他們在眼睛裡面沈淪，在倬風的床單上掙扎，這種時候他們刻意避免交談，就讓它更像是一場白日夢，兩個遊走癡纏的身軀，兩個不敢有明天的靈魂。倬風更願意遷就曉芸的感覺，遷就她想要的方式。對於自己沒有惡感又有欣賞成分的女人，他願意能讓她更多更久感受身體的愉悅。

曉芸整個都很美，從內至外與倬風非常相配，她來之前會給倬風電話問他幾個小時之後有空？倬風房間的窗戶遠遠向下望去隱約看得見護城河，他喜歡沿著那條護城河慢慢走至附近的頤和園，那一帶樹木濃郁即使在冬季仍然有春天的點滴。

倬風一直吸七星牌香煙，是前女友留給他的行爲紀念物。他對女人沒有過終其一天完全掛念的記錄，即使是曉芸這樣的女人，除了身體取悅，倬風還是不願意過多深入情緒。生存是現實，愛情按需所取，他只想得到眞實感覺，不是思想，是身體。每一次曉芸走後，倬風會坐在床上吸完兩支香煙，然後起身將床單拖下來塞進洗衣機，這樣的ML像速食、泡沫，還好自己是男人；換成是女人，會怎樣想？倬風不知道曉芸是怎樣想的，也沒有機會再問她。

黃昏，雨濛濛的，窗戶透進許多天空的潮濕氣味；曉芸進來後，他們三個月以來破例沒有立即上床，曉芸脫去外套，裡面穿了乳白色緊身上衣與及膝裙。

「我是來告別的。」她靜靜坐在窗戶邊。

他沒有問，掏出煙盒點上一支；「給我一支。」曉芸伸過手指，倬風將唇上這支遞給她，曉芸默默接過夾在手指尖，手臂伸長了放在窗臺上，冷冷的煙霧飄向外面雨中。

「韓雷要去英國做訪問攝影家，我要隨同他去，可能一年，可能以後韓雷想在英國發展，你知道他很優秀、很了不起。」曉芸說這話，他在她眼裡看不到爲之驕傲的神色，「倬風，你呢？」

他對她笑笑：「你不要顧及我，我是男人。」曉芸眼裡開始潮濕：「倬風，我不能離開韓雷，甚至嫁給他也成了我們家族的榮耀，我沒有力量打破任何局面。」

倬風一直很難過，在極力自我抗拒卻仍然對曉芸有了依依不捨，可他得裝作毫不在乎，就像萍水相逢尋歡作樂的男女那樣。

這三個月，會不會勝過她與韓雷幾年的婚姻？他很想問又沒有勇氣開口，反正離別在即，有了什麼樣的答案還不是一樣嗎？

一支煙燼、曉芸起身拉上窗簾，走過來開始爲倬風寬衣一面喃喃自語：「韓雷那樣的男人天生是爲工作準備的，倬風，與你在一起的感覺才是女人眞正該得到的，你細膩溫柔能夠默默傳遞給我被關注、被疼愛的體會；這樣美好，爲什麼以前就沒有認識你的機會，我婚前能夠認識你多好，現在我感受到自己是爲自己活著的女人，多幸福。」

幸福是一種心情、半種感受，他不想說什麼，默默配合曉芸製造最後的一場愛戀。終究是有戀的成分，他慢慢品味出來那三個月的醞釀。

清晨上班前他習慣喝一大杯裝在淺藍色杯子裡的冰水，有助於清理腸胃、清理一夜的思緒，那些雜亂的沒有條理、沒有可能的幻覺。

倬風越來越專注自己的攝影事業，是的，現在拿它當作事業來做，漸漸地接到的工作越來越多，可以有自我選擇的餘地，他辭去公司工作，成了自由的攝影師，捕捉生命裡頭他願意表達的概念。

圈子裡、一些報紙上有時可以看見、聽到有關韓雷伉儷的情況，那個叫曉芸的女人漂亮端莊得體地依靠在丈夫身旁，他們看上去很美滿，就像當初他認識他們那樣。

女人也許很可愛，也許很不可捉摸，他能夠讓自己在身體上接受一個女人，但是對於女人心靈的捕捉，卻全部停在倬風的鏡頭裡了，成爲他嚴肅以待的工作。

換了地方住，還是在海澱區，他離不開護城河沿岸四季的樹木。有些時候會因爲某些事路過以前住的高樓下，總會不由自主抬頭望上去，半開的藍色玻璃窗、飄出一角的窗簾，秋季灰暗的黃昏。

廣	告	回	信
臺灣北區郵政管理局登記證			
北	台	字	第 8719 號
免	貼	郵	票

106-□□

台北市新生南路三段88號5樓之6

揚智文化事業股份有限公司　　收

□□□-□□

地址：　　市縣　　鄉鎮市區　　路街　段　巷　弄　號　樓

姓名：

PUBLICATION

生智

書號 D9013　　書名 上帝手心裡的最愛

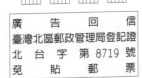

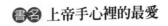

生智文化事業有限公司

讀·者·回·函

感謝您購買本公司出版的書籍。
爲了更接近讀者的想法，出版您想閱讀的書籍，在此需要勞駕您詳細爲我們塡寫回函，您的一份心力，將使我們更加努力！！

1.姓名：
2.性別：□男 □女
3.生日／年齡：西元_____年_____月_____日_____歲
4.教育程度：□高中職以下□專科及大學□碩士□博士以上
5.職業別：□學生□服務業□軍警□公教□資訊□傳播□金融□貿易
□製造生產□家管□其他
6.購書方式／地點名稱：□書店_____□量販店_____□網路_____□郵購_____
□書展_____□其他_____
7.如何得知此出版訊息：□媒體_____□書訊_____□書店_____□其他_____
8.購買原因：□喜歡作者□對書籍內容感興趣□生活或工作需要□其他
9.書籍編排：□專業水準□賞心悅目□設計普通□有待加強
10.書籍封面：□非常出色□平凡普通□毫不起眼
11.E-mail：_____
12.喜歡哪一類型的書籍：_____
13.月收入：□兩萬到三萬□三到四萬□四到五萬□五萬以上□十萬以上
14.您認為本書定價：□過高□適當□便宜
15.希望本公司出版哪方面的書籍：_____
16.您的寶貴意見：
_____

☆塡寫完畢後，可直接寄回（免貼郵票）。
我們將不定期寄發新書資訊，並優先通知您
其他優惠活動，再次感謝您！！